명부마도

BBULMEDIA FANTASY STORY

舌舞 팽타준 신무협 판타지 소설
BBULMEDIA FANTASY STORY

5

冥府魔道

명부마도

마도진천(魔道進天)

뿔미디어

명부마도  5권 마도진천(魔道進天)

1판 1쇄 찍음 2007년 9월 5일
1판 1쇄 펴냄 2007년 9월 7일

지은이 | 舌舞 팽타준
펴낸이 | 정 필
펴낸곳 | 도서출판 뿔미디어

출판등록 | 2002년 9월 11일 (제1081-1-132호)
주소 | 부천시 원미구 심곡2동 163-2 3층 (우)420-822
전화 | 032)651-6513,6092,6093 / 팩시밀리 032)651-6094
E-mail | BBULMEDIA@paran.com

값 8,000원

ISBN 978-89-5849-573-4 04810
ISBN 978-89-5849-445-4 04810 (세트)

※파본은 본사나 구입하신 서점에서 교환하여 드립니다.
※저자와 협의하여 인지를 붙이지 않습니다.

※이 책은 (도)뿔미디어를 통해 독점 계약되었습니다.
저작권법에 의해 보호를 받는 저작물이므로 무단 전재와 무단 복제를 엄금합니다.

5권
마도진천(魔道進天)

목차

제1장 – 오호대장군   9
제2장 – 암수의 정체   27
제3장 – 강호는 혼란에 젖어들고……   73
제4장 – 원한은 조용히 때를 기다리며   95
제5장 – 혼을 태워 원한을 갚다   121
제6장 – 삼마(三魔), 조용히 그 힘을 드러내다   145
제7장 – 풍운을 가슴에 품고 검객들은 강호로 나선다   169
제8장 – 북해의 한풍도 사랑 앞에서는……   195
제9장 – 치욕을 갚다   219
제10장 – 곪은 원한은 마침내 아귀다툼으로 이어지고   243
제11장 – 마귀는 어둠 속에서 태동한다   265
제12장 – 슬픔을 가슴에 품고 검을 들다   285

제1장

오호대장군

달그락! 달그락!

"휴, 도대체가 사타구니가 쑤셔서 앉아 있을 수가 없군."

경쾌한 말발굽 소리 위로 불만 섞인 목소리가 울려 퍼졌다.

살이 토실토실하게 오른 혈통 좋아 보이는 명마.

하지만 독고유는 썩 달갑지 않은 모양이었다.

일각마다 한 번씩 엉덩이를 쓰다듬는 것이 아직도 말을 타는 것에 익숙하지 않은 티가 역력했다.

"높다—."

반면 그의 뒤에 탄 혈우는 대단히 즐거운 표정이었다.

한숨을 푸욱 내쉬는 독고유.

평상시였다면 채 하루를 타지 못하고 요깃거리로 먹어 버렸을 말이지만, 너무나 즐거워하는 혈우 탓에 지금까지 억지로 타고 있었던 것이다.

"그래, 비마채의 말이니 여간하겠느냐."

"웅! 그 사람들은 이런 걸 매일 타고 다니는 거야?"

"그렇기에 비적이 아니겠느냐. 하하, 다들 잘하고 있을지……."

말을 빌려 준 이들의 얼굴이 떠오르자 독고유는 저도 모르게 실웃음을 흘렸다.

푸른 하늘로 향한 그의 눈동자가 며칠 전, 사도련 회담에서의 풍경을 하나 둘씩 그려 내기 시작했다.

"하……."
"참……."
"끄응……."

허탈한 한숨이 여기저기서 터져 나왔다.

망연자실하게 자리에 앉아 있는 네 명의 수장들.

"하필 그 요녀를……."
"아우가……."
"끄응……."

화익과 여의, 초산은 허망한 듯 한마디씩을 중얼거리며 한숨만 푹푹 내쉬었다.

원호도 말은 않지만 이 결과가 상당히 불만스러운 모양이다.

하필이면 옥화린이라니.

사도련주에 가장 어울리는 것은 뜨거운 가슴을 지닌 사내가 아니던가?

"그런데 그 계집은 어째서 별로 기뻐하지 않았던 것일까?"
"그러게 말이오. 흥, 막상 얻고 보니 감당하기 힘들었던 모양이지."

 여의가 코웃음을 치며 대답하자 화익은 머리를 긁적였다.

 과연 그런 이유일까?

 그의 시선이 강 중앙의 독고유에게로 향했다.

 사도련주로 옥화린을 추대한 독고유.

 여전히 냉랭하기만 한 그녀를 이끌고 독고유는 강 중앙으로 배를 끌고 나아갔다.

 무슨 이야기를 나누고 있는 것일까?

 "아, 그러니까 이 칼부터 치우고 말하자고 하지 않소!"

 "네놈의 정체는 무엇이지? 도대체 네놈은 어떻게 그 아이들의 유언장을 가져올 수 있었던 거지?"

 사파 수장들의 예측과는 관계없이, 배 위의 상황은 전혀 순조롭지 않았다.

 강 중앙으로 나오기가 무섭게 옥화린은 독고유의 목덜미에 검을 겨누고 냉랭하게 물어 왔던 것이다.

 별달리 당황스럽지도 않았다. 묻기 전에 목을 베지 않은 것이 오히려 다행이다 싶은 생각이 들 정도다.

 작게 한숨을 내쉬며 머리를 긁적인 독고유는 쩝쩝 입맛을 다시며 말했다.

 "목숨을 걸고 문도의 유언을 전해 온 이의 목에 칼을 겨루는 것은 대체 어떤 곳의 예법이오? 북해에서는 은인을 이렇게 대접하오?"

 "은인? 흥! 웃기는군. 갑자기 와서 유언이랍시고 이따위 종잇조각을 던져 주더니, 이제는 사도련주에 추대하겠다? 무슨 꿍꿍이가 있는지 당장 털어놓지 않으면 목을 손에 들고 다니게 해 주마!"

옥화린은 당장이라도 목을 벨 듯 검첨을 위협스레 흔들었다.

기가 차면서도 한편으로는 수긍이 가는 행동이다.

지금은 그 누구도 믿을 수 없겠지.

믿을 자와 믿지 못할 자를 구별하는 것이 강호에 나선 그녀의 첫 번째 과제임에 틀림이 없었다.

"꿍꿍이라면 없지는 않소."

여전히 입맛을 다시며 독고유가 대답하자 흔들리던 검첨이 꼿꼿이 섰다.

"흥! 이제야 슬슬 본색이 드러나는군!"

"사도오성의 복수를 위한 꿍꿍이오. 꿍꿍이라 하니 어감이 좋지는 않소만……."

꿈틀!

또다시 그녀의 아미가 꿈틀거렸다. 더불어 눈빛까지 작게 떨렸다.

"복수? 방금 복수라고 했느냐? 네놈이 그 아이의 무엇을 안다고 복수를 한다는 것이지?"

꿈틀!

이번에는 독고유의 미간이 크게 꿈틀거렸다.

이글이글 타오르는 눈동자.

갑작스레 끓어오른 분노를 접한 옥화린은 말을 멈추고 독고유를 노려보았다.

"단 하루의 교(交)를 나누었어도 그것을 위해 목숨을 바치는 것이 신의 아닌가? 단 한 시진의 뜻을 나누었어도 그것을 위해 살아가는 것이 협의 아니던가?"

"뭐, 뭣?"

독고유의 물음에 옥화린은 쌍심지를 켜며 되물었다. 가슴 한 켠이 뜨끔해 온 탓이리라.

"그들이 죽음을 선택할 수밖에 없었던 것이 그대들의 이러한 태도 때문임을 진정 모르겠소? 그들이 죽음으로라도 이루고자 하였던, 지키고자 하였던 것이 그대들임을 안다면 이렇게 행동하지는 못할 것이오! 그들의 죽음에 얽힌 흑막과 그들의 뜻을 이어받고자 함이 우선이거늘!"

독고유의 대갈에 옥화린은 안면 가득 인상을 찌푸렸다.

으드득 이 가는 소리가 울려 퍼지고, 가슴팍을 꾸욱 움켜쥔 그녀는 소리도 내지 못한 채 입술만을 달싹였다.

'한설……!'

그 누구에게도, 심지어 자신에게도 마음을 열지 않던 아이.

'살고 싶습니다, 궁주. 저는 살고 싶습니다.'

피를 토하듯 써 내려간 유언의 마지막 한 줄이 메아리처럼 귓가를 울리는 것은 왜일까.

"한 번쯤…… 네 녀석의 이야기를 들어 보는 것도 나쁘지 않겠지."

"후, 사도 무인들이 어울리기엔 좋아도 설득하기는 어렵다는 말이 무엇인지 이제야 알겠군."

옥화린의 냉랭한 얼굴을 떠올리던 독고유가 피식 웃음을 흘렸다.

비단 옥화린뿐만이 아니라, 사도 무인이라는 자들이 모두 여간 외골수들이 아닌지라 도통 사람 말을 새겨들을 줄을 모르지 않던가.

그들 자신만의 협, 그것을 내세울 줄만 알지 그것을 펼칠 줄은 모르는 자들.

정사 양도의 균형을 맞추고 대등한 관계를 이루려면 우선 가장 먼저 사도련 내부의 정비가 필수였다.

"빙마녀, 그녀라면 잘해 낼 수 있을 거야."

그런 것에 옥화린만큼 적임자가 또 없으리라.

빙마녀, 그 얼음 같은 여인은 맡은 일을 칼같이 해낼 것이 분명했다.

그렇다면 이제 남은 것은 하나.

"주합, 이 녀석. 제발 맹에서 순순히 기다리고 있거라."

지금 같은 시점에 주합의 힘은 절실히 필요한 것이었다.

누구보다도 신뢰할 수 있는 수하.

그 끝을 헤아릴 수 없는 이를 상대하는 데에는 그만큼 만반의 준비가 필요했다.

문제는 주합이 순순히 독고유를 기다리고 있느냐 하는 것인데…….

"이랴! 이랴!"

거기까지 생각이 미치자 마음이 급해진 독고유는 연신 말을 채근했다.

"형님! 형님!"

"오냐! 꽉 잡거라! 떨어질지도 모르니!"

"그게 아냐! 이상해! 이 숲길 이상해!"

혈우가 겁이 나 부른 것이리라 생각했던 독고유는 뒤이은 그의 말에 고개를 갸우뚱했다.

그러고 보니 분명 이상하긴 했다.

숲의 한가운데를 지나치고 있는데 산새 소리는커녕 개미 새끼 한 마리 지나다니는 소리가 나지 않았다.

너무나 고요하다.

"확실히 불길하긴 하……!"

이상한 낌새를 눈치 챈 그 순간.

쿠우우웅—!

지축이 뒤흔들리는 굉음과 함께 물결 같은 충격파가 터져 나와 주위의 나무와 풀숲이 산산이 뒤집히며 솟구쳐 올랐다.

더불어 달리던 말의 다리가 그대로 부러져 땅바닥으로 곤두박질 쳤고, 독고유와 혈우는 달리던 속도 그대로 바닥에 내팽개쳐졌다.

"이 무슨……!"

대경한 독고유가 비틀대며 몸을 일으키는 찰나, 별안간 뇌성벽력 같은 외침이 터져 나왔다.

"목을 내놓아라!"

"뭣이? 네놈은 누구냐!"

내공을 끌어올린 독고유가 인상을 찌푸리며 외쳤다. 다시 바람 한 점 불지 않는 어두컴컴한 숲 속에서 외침이 이어졌다.

"네놈의 목을 베기 위해 지옥에서 올라온 사신이다!"

"헛소리!"

"죽고서도 그런 말을 할 수 있을까?"

"뭣이? 정체를 드러내어라!"

"흥! 네놈 따위가 내 모습을 볼 수 있을 성싶으냐!"

독고유의 두 눈에 불똥이 튀었다.

으드득 이를 간 독고유는 목도를 뽑아 들며 주위를 살폈으나 여전히 인적은커녕 인기척조차 느낄 수 없었다.

그때 툭툭 옷을 털며 일어난 혈우가 독고유를 바라보며 입을 열었다.

"난 볼 수 있는데."

"……!"

"흐하하하! 백치 꼬마 하나를 데리고 다닌다더니 그 말이 딱이로구나!"

어둠 속에서 또다시 사내의 비웃음 소리가 터져 나왔다.

하지만 이번에는 아까와 달리 중간에 바람이 빠지듯 웃음소리가 푸욱 꺼져 들었다.

혈우가 입을 열었기 때문이다.

"나!"

쿠르르르릉!

귀를 찢을 듯한 폭음이 혈우의 입에서 터져 나오자 발아래의 뒤집혀 있던 땅거죽이 물결치듯 원형의 파동을 그리며 일렁였다.

"웃!"

어둠 속 목소리가 당황한 듯 숨을 들이켰다.

혈우의 일갈에 당한 것은 독고유도 마찬가지였다.

한 모금의 피를 울컥 토한 독고유는 재빨리 옷깃을 찢어 귀를 틀어막고는 혈우에게 눈짓을 했다.

"와!"

콰르르릉!

혈우는 아까보다도 더욱 큰 소리로 일갈을 내질렀다.

폭발하듯 터져 나온 충격파에 주위의 나무들이 일제히 부러지며 주위가 훤히 드러났다.

"가소로운 놈 같으니! 감히 이 대장군(大將軍)의 앞에서 무를 뽐낸단 말이더냐!"

충격파가 휩쓸고 지나가자 대갈(大喝)한 음성이 뒤이어 어둠 속에서 뿜어져 나왔다.

대장군!

독고유가 찰나지간에 스쳐 가는 의혹에 설마 하며 눈을 치켜뜨는 사이, 십여 장의 어둠 속에서 빛무리와 함께 한 명의 사내가 모습을 드러내었다.

팔 척의 장신. 새하얀 갑주에는 나찰의 문양이 새겨져 있고 허리춤에 찬 검은 피를 머금은 듯 붉었다. 얼굴까지 새하얗고 커다란 눈 속의 안광이 부리부리하여 마주 보는 것만으로도 심장이 멎을 듯한 박력이 느껴지는 사내다.

"라…… 읍!"

재차 일성을 내지르려던 혈우의 입을 독고유의 손이 틀어막았다.

그리고는 단박에 몸을 돌려 사내가 나타난 반대 방향으로 신형을 내달렸다.

"대장군! 오호대장군!"

혈우는 이해할 수 없는 멀뚱멀뚱한 눈빛으로 독고유를 올려 보았다.

있을 수 없는 일을 목격한 사람처럼 잔뜩 눈을 치켜뜬 채 연신 경악성을 내뱉는 독고유.

그러면서도 신형은 그 어느 때보다도 빠르고 다급했다.

"어째서! 어째서 저자가 이곳에……!"

"흐하하하! 쥐새끼처럼 꽁무니를 빼기에 바쁘구나! 하지만 어디를 가든 네놈이 살아날 구석은 없다!"

홀린 사람처럼 중얼거리는 독고유의 뒤로 사내의 외침이 이어졌다.

육 척은 되어 보이는 붉은 대검(大劍)을 뽑아 들고 독고유의 뒤를 쫓는 사내.

하지만 결코 다급해 하지 않고 있었다.

왜일까?

"흐헉!"

막 숲을 빠져나가려던 독고유가 경악성을 토해 내었다.

저 멀리의 어둠에서 홀연히 수십의 인영이 나타나 그를 향해 달려오고 있었던 것이다.

"목을 내놓아라!"

가장 선두에 선 것은 그의 뒤를 쫓는 이와 같은 흰 갑주를 두른 사내.

사내의 일갈에 독고유는 잠시 걸음을 멈추었다.

잔뜩 오그라든 동공이 황급히 사내의 주위를 살폈다.

"십기부장(十驥副長)!"

대장군의 뒤를 따르는 네 명의 사내.

그들이 입은 적색의 갑주를 본 순간 독고유가 숨넘어가는 소리로 외쳤다.

그 뒤로 가득 몰려드는 회의인들의 손에는 잘 벼려진 검이 달빛을 받아 번뜩이고 있었다.

"적이야?"

"도망쳐라! 전력을 다해 뛰어!"

득달같이 외친 독고유는 앞뒤를 황급히 둘러보며 뒤에 펼쳐진 숲속으로 몸을 날렸다.

그의 품에서 뛰어내린 혈우도 영문도 모른 채 독고유의 뒤를 따랐다.

"오호대장군이라니! 십기부장이라니! 어째서 저들이 여기에?"

독고유는 찢어질 듯 눈을 부릅뜨며 연신 자문했다.

절대로 이곳에 있을 수 없는, 아니 있어서는 안 되는 이들!

"흐하하하! 도망칠 곳이 있을 성싶으냐!"

뒤를 쫓는 대장군들이 가가대소를 터뜨렸다.

당장이라도 독고유의 뒷덜미를 낚아챌 듯 위협스레 들려오는 목소리.

하지만 그들의 추격은 기이하기만 했다.

그의 뒤를 쫓는 것이 아닌, 그의 좌우를 점하고 퇴로를 차단하고 있지 않은가!

"뭔가 또 있는 것인가!"

슈파악!

그제야 상황을 눈치 챈 독고유가 전방을 노려보는 순간 숲 속의 나무들이 일제히 잘려 솟구쳤고, 그 뒤편으로 수백의 검은 인영들이 모습을 드러내었다.

눈 이외의 어떤 부위도 노출되지 않는 검은 잠행복.

새빨간 수백의 동공이 살기를 머금고 독고유를 맞이했다.

"비켜!"

슈화아악! 콰콰쾅!

별안간 앞으로 치고 나간 혈우가 새하얀 빛을 머금은 장력을 흩뿌리자 그들을 맞이하던 흑의인들의 몸이 산산이 찢겨져 비산했다.

퇴로가 열린 것도 잠시.

흙먼지 속으로 내달리던 독고유가 주위의 땅을 갈아엎으며 황급히 멈추어 섰다.

"불사귀(不死鬼)!"

산산이 비산한 흑의인들의 육편이 다시 빨려 들 듯 되돌아오더니 눈 깜짝할 순간에 다시 본래의 모습을 되찾고 으르렁대기 시작했던 것이다.

"어어?"

혈우도 예상치 못한 결과였는지 눈을 부릅뜨는 가운데 그의 뒷덜미를 움켜쥔 독고유가 황급히 그 반대 방향으로 신형을 날렸다.

단순하기 그지없는 도주.

평소의 그였다면 결코 이렇게 눈에 보이는 수를 택하지 않았을 터이지만, 연달아 나타난 적들은 그의 이성을 마비시킬 만큼 위협적이고 경악스러운 것들뿐이었다.

"암궁!"

그랬다.

오호대장군과 십기부장, 그리고 불사귀.

그들은 암궁의 절대자 암왕의 직속 수하이자 한때 전 무림을 몰락 직전까지 몰아넣었던 암왕지란의 실질적인 주역이었던 것이다.

꼬르륵!

"에휴……."

꼬르르륵!

"에휴우……."

꼬르륵거리는 기포 터지는 소리와 함께 연방 한숨이 울려 퍼졌다.

산 중턱의 바위 위에 앉은 거한 사내의 몸과 입에서 흘러나오는 소리였다.

"산간 오지에서 이 무슨 개고생이냐, 에휴……."

땅이 무너져라 한숨을 내쉬는 사내. 당장이라도 아사(餓死)할 것처럼 비틀대면서도 사내는 도무지 움직일 줄을 몰랐다.

"당최 큰형님은 저 안에서 보름이나 뭘 하고 있는 거지? 산의 영기라도 받을 작정인가?"

사내의 고개가 등 뒤로 돌아갔다.

풀숲이 우거진 한 기슭에는 조그맣게 뚫린 석굴이 교묘히 몸을 가린 채 위치하고 있었다.

"저 형님들도 당최 먹을 생각을 안 한단 말씀이야? 이거 나 참, 막내 주제에 먼저 뭣 좀 먹으러 가자고 할 수도 없고. 퉤!"

석굴 양옆의 나무 위에 웅크리고 앉은 두 명의 사내에게 눈길을 돌린 그는 또다시 투덜대며 침을 탁 뱉었다.

그러다 문득 애처롭기 그지없는 눈빛으로 돌변한 사내는 바위 아래편을 내려다보았다.

"덕분에 소저까지 이게 무슨 꼴이야. 어이구…… 피골이 상접하셨구만, 저러다 쓰러지시기라도 하면 어쩌려고……."

바위 아래에는 다소곳하게 앉은 여인이 하늘만을 바라보고 있었다.

새하얗고 청초해 보이기 그지없는 옥안. 하지만 두 볼은 벌써 며칠째 굶은 탓인지 핼쑥하게 야위어 있었다.

"산, 나는 괜찮아요. 그보다 요기라도 하시는 게 어때요? 볼이 너무 야위었어요."

산. 초산이라는 이름은 너무 험악해 보인다며 붙여 준 이름.

초소요의 말에 초산은 언제 투덜거렸냐는 듯 미소를 지었다. 볼에는 어울리지 않는 홍조까지 가득했다.

"이 정도는 끄떡없소이다! 그보다 소저, 소저야말로 뭔가 먹어야 하지 않겠소? 그러다 쓰러지기라도 하면……."

어찌할 바를 모르고 들썩이는 커다란 몸을 보며 초소요는 실웃음을 흘렸다.

그녀의 미소에 초산은 쌓였던 허기가 사라짐을 느꼈다.

무인들이 거의 존재하지 않는 광동까지 내려와 남곤산(南昆山)이라는 곳에 숨어들면서도 초산이 굳건히 문추의 뒤를 지킨 가장 큰 이유는 바로 이것.

'그래. 사나이 초산, 이 정도 허기에 무릎 꿇을 순 없지!'

큰형님도 큰형님이지만, 지금 초산의 마음에 가장 크게 자리 잡은 것은 단연 초소요라 할 수 있었다.

비록 그녀는 일편단심 문추만을 바라보고 있었지만, 초산은 그런 것에 크게 개의치 않았다.

큰형님이니까.

그럴 자격이 있다 생각하고 있었다.

하지만…….

"휴우……."

다시 고개를 돌린 초소요가 한숨 쉬는 소리가 들려왔다.

초산이 화가 나는 것은 바로 이것이었다.

문추는 그녀의 마음을 알고 있으면서도 애써 받아 주지 않고 있었다.

게다가 무슨 생각인지 점점 더, 점점 더 사지를 향해 나아가고 있었다.

초산과 교리, 교궁 형제의 말은 이제 더 이상 듣지 않으니 어쩔 수 없다 쳐도 초소요, 그녀의 간청까지 묵인한 것은…….

"그러게 왜 사람 맘을 뒤숭숭하게 만들어서는…… 쯧, 하여간 옹고집도 저런 옹고집이 없다니까. 이럴 때 대형이라도 있었다면 큰형님을 말려 주었을 텐데……."

자포자기한 듯 뒤로 몸을 젖힌 초산은 문득 머릿속에 떠오른 얼굴에 피식 웃음을 지었다.

"대형은 지금쯤 뭘 하고 있으려나? 또 목숨이 간당간당하게 돌아다니고 있으려나? 흐흐, 그래도 그때가 제일 재미있긴 했었는데……."

제2장

암수의 정체

"헉……. 헉……."

숨이 턱까지 차올라 호흡을 할 때마다 폐가 찢어질 듯 아파 왔다. 끝이 보이지 않던 진기도 어느새 바닥을 드러내 금방이라도 사그라진 것 같았고, 며칠이나 제대로 잠을 자지 못해 시야마저 흐렸다.

"형님."

빈사 상태의 독고유와는 달리, 혈우는 여전히 쌩쌩했다. 벌써 닷새나 잠은커녕 제대로 된 휴식도 취하지 못하였는데도 평소의 모습과 다를 바가 없었다.

"왜…… 그러느냐."

말을 하면서도 독고유는 끊임없이 걸음을 옮겼다. 하지만 혈우는 우뚝 걸음을 멈춘 후였다.

독고유는 잔뜩 지쳐 몇 걸음이나 더 걸어가서야 멈추었고, 주위를 휘휘 둘러보던 혈우는 자리에 털썩 주저앉았다.

"아무도 안 쫓아와."

"정말이냐?"

혈우의 말에 독고유는 반색을 하며 되물었다.

닷새간이나 끝없이 추격해 오던 암궁 무사들의 인기척이 완전히 사라지다니.

분명 석연치 않은 구석이 있었음에도, 지금의 독고유는 그것조차 판단해 내지 못할 정도로 지쳐 있었다.

"응. 없어."

"후우……."

독고유는 그제야 이마의 땀을 닦아 내었다. 걸음걸이가 한결 느려졌다.

잠시나마 추적을 따돌렸더라도 안심할 수는 없으니 움직임을 멈춘다는 것은 있을 수 없는 일. 그러니 걸으면서 숨을 고르고 떨어진 체력을 보충해야 했다.

"그냥 다 죽여 버리면 안 돼?"

독고유의 숨이 조금씩 잦아들자 그의 곁으로 다가선 혈우가 눈을 반짝이며 물었다.

"절대로 안 된다."

독고유는 단호히 고개를 저었다.

암궁의 오호대장.

궁주의 다섯 팔이며 또한 암궁의 기둥이기도 한 자들.

그들 중 둘이 따라붙었다.

십기부장들 중 네 명도 그의 뒤를 쫓고 있다.

혈우라면 죽일 수 있다.

혈우라면 그들의 목을 베는 것은 그리 어려운 일이 아닐 터다.

오호대장 다섯이 모두 붙더라도 승패를 가늠할 수 없으리라.

하나 그래서는 안 되었다.

그 순간 암궁은 숨기고 있던 자신들의 모든 힘을 만천하에 드러내어 중원 침공을 시작할 터이니까.

무림 내부에 결탁하고 있는 이들까지 그들의 손을 들어 준다면, 강호의 균형은 크게 흔들릴 것이 분명했다.

'불사귀가 삼백 기 이상…….'

호흡이 편해지고 다시 몸속의 진기들이 안정을 되찾아 가면서, 독고유는 머리가 맑아짐을 느꼈다.

그리고 그제야 놓치고 있던 한 가지를 깨달았다.

혈우의 공격에 만신창이가 되어 흩어졌음에도 다시 하나 둘씩 모여들어 되살아나던 이들.

틀림없는 불사귀다.

암궁의 오호대장이 각각 이백씩 소유하고 있는, 최고 최악의 살인 병기들.

지치지 않으며 두려움 또한 없고 죽지 않는, 단지 그들 주인의 명에만 충실할 뿐인 망령들.

강호의 한복판에 그것들이 나타날 줄은 독고유도 예상하지 못했었다.

'죽일 셈인가? 나를?'

이들이 마음만 먹는다면 독고유가 어디에 가든 따라붙을 것임은 다른 누구보다 독고유 그 자신이 너무나 잘 알고 있었다.

과거 이런 방식으로 추살한 이들이 몇이던가.

그러고 보면, 악록산에서 운기행공에 몰두하는 자신에게 공격해 왔던 이들도 암궁 무사들이었다.

어째서 이들이 자신을 죽이려 하는 것일까.

물론 이들의 손에 죽지 않으리라는 확신은 있었다.

혈우가 곁에 있다.

오히려 짐이 되는 것은 독고유 자신이다.

혈우 단신이라면 홀로 암궁의 오호대장과 십기부장, 불사귀들과 맞상대할 수 있을 것이 자명한 사실.

하나 독고유가 있기에, 혈우가 그에게 신경을 써야 하기에 그 힘이 오 할 이상 줄어든다고 할 수 있었다.

'아직은 알 수 없는 것들이 너무나 많다, 너무나……. 내가 알지 못하는 이면의 암계들이 너무나 크고 깊어.'

첩첩산중도 이런 첩첩산중이 없었다.

한 가지를 막아 내면 어딘가에서 더 큰 사건이 발생한다.

게다가 이제는 직접적인 생명의 위협까지 받고 있었다.

속 시원히 맞서 싸울 수라도 있으면 좋으련만, 지금은 그것마저도 여의치 않았다.

"킁! 킁! 맛있는 냄새!"

옆에서 걷고 있던 혈우가 문득 코를 킁킁대며 눈을 빛냈다.

상념에 빠져 있던 독고유도 그제야 주위를 돌아보았다.

오십여 장 너머의 관도 끝에서 일렁이는 모닥불이 그제야 시야에 들어왔다.

'누굴까.'

가장 먼저 든 것은 경계심이었다.

이토록 급박한 상황에 때마침 나타난 노숙자라니.

"가 보자! 형님! 가 보자!"

"으음."

혈우의 행동을 제지하려던 독고유는 그의 밝은 표정을 보고는 입을 다물었다.

혈우가 눈치 채지 못하였다면 분명 그리 대단한 인물은 아닐 터다. 그 기감을 피해 갈 수 있는 이들은 강호에 채 두 명을 넘지 못할 테니까.

"와아! 와아!"

어느새 모닥불 곁에 앉아 있는 사내 근처에까지 달려간 혈우는 연신 탄성을 터뜨리며 모닥불 주위를 빙글빙글 돌았다.

그것에도 아랑곳하지 않고 사내는 모닥불 위에 고기를 굽고 있었는데, 장포를 입은 데다 갓까지 깊게 눌러쓰고 있어 얼굴을 알아볼 수 없었다.

"아저씨! 이건 뭐야? 맛있는 거?"

"토끼다. 먹어 본 적 없느냐?"

"토끼? 먹어 본 적 있어! 맛있어!"

사내의 목소리는 낮은 저음이었지만, 독고유가 어디서 들어 본 것 같은 느낌을 주었다.

 사내가 토끼가 꿰인 나뭇가지 하나를 들어 올리자 혈우는 망설임 없이 그것을 받아 들었다.

 "앉으시오. 지쳐 보이는데."

 갓의 그늘에 가려 이목구비가 보이지 않는 가운데 사내의 고개가 독고유에게로 향했다.

 독고유는 꾸벅 목례를 하고는 사내의 건너편에 자리를 잡았다.

 이미 어느새 혈우는 고기에 머리를 박고 게걸스럽게 먹어 대고 있었다.

 "여기가 어디쯤이오?"

 사내가 권하는 고기를 슬쩍 받아 든 독고유가 넌지시 물었다.

 사내는 갓을 고쳐 꾸욱 눌러썼다.

 갓 아래에서 나지막한 웃음소리가 새어 나왔다.

 "어딘지도 모른 채 돌아다니는 것이오? 신기하군, 광동 땅에서 길을 잃어버리기는 쉽지 않은데."

 "광동? 여기가 광동이오?"

 독고유는 깜짝 놀라 눈을 부릅떴다.

 분명 그는 호남에서부터 쫓기기 시작하였다. 온갖 무림인들이 모여드는 곳에서 추격을 당한 것만 해도 경악스러울 지경인데, 이리저리 몰이를 당해 광동까지 쫓겨 왔단 말인가!

 광동이라면 사태는 더욱 심각했다.

 이곳은 암궁의 본거지와도 한없이 가까운 곳. 게다가 무림인을 만나는 것 또한 여간해서는 쉽지 않으니 그들이 자신을 일부러 이곳에 몰아넣은 것이라면 앞으로 살아 나갈 길이 더욱더 깜깜했다.

"아무래도 어지간히 혼을 빼놓은 모양이로군."

"……."

사내의 나지막한 중얼거림에 독고유는 아무 대답도 하지 못한 채 토끼 구이를 한 입 덥석 베어 물었다.

그의 머릿속은 맹렬히 회전하고 있었다.

차라리 여기서 싸우는 것은 어떨까 하는 생각까지 할 지경이었으니…….

"크크크……."

문득 사내의 웃음소리가 번져 나가자 독고유는 그제야 상념에서 깨어났다.

사내는 즐거운 것인지 어이가 없는 것인지 구별할 수 없는 웃음을 연신 흘리고 있었다.

"무엇이 그리 즐겁소?"

"아니오. 그저…… 그저 너무 즐거워 이런다오."

"즐겁다니……?"

독고유는 경계하듯 사내를 노려보면서도 힐긋 혈우를 바라보았다.

혈우는 여전히 고기를 먹는 데에 온 정신을 쏟아 붓고 있었다.

"예상 가능했던 변수들이 하나 둘씩 커질 때의 긴장감, 그것이 나는 좋다오."

독고유는 허리춤의 목도를 콰악 움켜쥐었다.

한 조각의 고기를 입에 가져가는 사내.

그 시간에 비례하여 독고유의 눈빛은 더더욱 싸늘하게 식어 가고 있었다.

"정체를 밝히시오."

"정체……?"

독고유의 나지막한 목소리에 사내는 또다시 피식 웃었다.

이내 사내의 손이 갓의 끄트머리를 스윽 들어 올렸다.

"그것도 괜찮겠지. 나는 말이오, 이 모든 일을 이끄는 사람이오."

"……!"

갓의 그림자 사이로 드러난 얼굴.

그것은 그의 발언보다도 더욱 충격적인 것이었다.

"맹주……!"

독고유의 눈동자에 파란이 일었다 이내 불처럼 이글대기 시작했다.

정체를 드러낸 사내, 그는 바로 무림맹의 맹주 하운천이었던 것이다.

하운천은 한쪽 입 꼬리를 스윽 치켜들며 독고유를 바라보았다.

"충분히 예상하고 있었던 모양이군. 놀라지 않는 것을 보니……."

움찔!

하운천의 입가에 미소가 번져 나가는 찰나, 고기를 먹던 혈우의 어깨가 순간 꿈틀거렸다.

이내 성난 야수와 같은 눈빛이 된 혈우가 사방으로 시선을 돌렸다.

수십 수백의 인기척들이 삽시에 오십여 장 밖에서부터 땅에서 솟은 듯 느껴져 왔던 것이다.

불과 방금 전까지만 해도 아무것도 없었던 곳에서조차, 도깨비라도 된 듯 홀연히 나타나 그 존재감을 드러내고 있었다.

"네놈……!"

"후후, 어쩔 것이오? 만천하에 나의 정체를 드러내겠소? 그럼…… 누가 믿어 주리라 생각하오?"

하운천은 여유로운 미소를 지으며 주섬주섬 자리에서 일어섰다. 그의 손끝으로 불그스름한 안개 같은 것들이 끊임없이 모여들고 있었다.

'살성혈무진(殺星血霧陣)……! 제길!'

독고유는 그 순간, 자신이 하운천의 계략에 처음부터 끝까지 놀아나고 있었음을 깨달을 수 있었다.

암궁의 무인들이 그를 쫓은 것도, 잡힐 듯 잡히지 않은 것도, 어느 순간 광동에 들어선 것도, 그를 만난 것도 모두 그가 원했던 바였다.

"아니, 그것도 우선은 이곳에서 살아 나간 후에 생각해야겠군. 싹은 자라기 전에 확실히 잘라 두자는 것이 나의 철칙이라서 말이오."

하운천의 입가에 비릿한 조소가 번져 나갔다.

독고유의 무위를 소상히 알고 있는 듯한 미소였다.

"나쁜 아저씨야?"

독고유가 목도를 뽑아 들려는 찰나, 손가락을 쪽쪽 빨고 있던 혈우가 하운천을 올려다보았다.

순간 하운천과 독고유의 시선이 동시에 혈우에게로 향했다.

하운천의 눈빛에 이채가 어렸다.

그리고 그의 시선과 혈우의 시선이 마주친 순간,

"……!"

혈우의 눈을 본 하운천은 순간 몸을 파르르 떨었다.

여유롭던 그의 눈빛이 처음으로 당황한 기색을 드러내었다.

"큭!"

혈우의 눈에서 번져 나가는 살기에 하운천은 저도 모르게 진기를 끌어올렸다.

그리고 그 순간.

투툭! 휘리릭!

하운천의 갓끈이 투욱 끊어지더니 그의 갓이 뒤편의 나무둥치에 날아가 박혔다.

"죽어."

그를 노려보던 혈우의 입술이 나지막이 달싹이고, 선고와 같은 목소리가 흘러나왔다.

그 순간 하운천의 안색이 급변하였다.

하얗게 질리는가 싶더니 살심 어린 눈으로 독고유를 한 번 노려보고는 미끄러지듯 뒤로 물러섰다.

스으윽―

그의 신형이 어둠 속으로 녹아들 듯 사라지자 독고유는 그제야 정신을 되찾았다.

"혈우야! 쫓아라!"

독고유가 하운천이 사라진 곳으로 신형을 날리며 외치자 혈우가 새하얀 빛을 토해 내며 쏘아지듯 앞으로 달려 나갔다.

"……없어!"

흰 빛이 이글거리는 눈동자로 주위를 둘러보던 혈우가 버럭 외쳤다.

"제기랄!"

어쩌면 신이 준 마지막 기회였을지도 몰랐다. 하운천이 전혀 예상하지 못한 존재, 혈우!

이미 그의 종적을 놓친 것에 분개한 독고유는 이를 으득 갈며 욕지거리를 토해 내었다.

그런 그의 주위로, 암궁 무사들의 포위망이 점점 더 좁혀져 들고 있었다.

퍼퍼퍽!

"크읏!"

뒤편에서 날아온 비도가 독고유의 뺨을 스치듯 지나쳐 나무둥치에 박혀 들었다.

신형을 내달리던 독고유는 이를 으득 갈았다.

생로는 오직 한 방향, 남쪽뿐이었다.

두 대장들과 부장들, 그리고 그들이 이끄는 불사귀들과 오백여 암궁 무사들이 그의 뒤를 금방이라도 잡을 듯 쫓고 있어 다른 방향으로 도망치는 것은 생각조차 할 수 없었다.

"그냥 다 죽여 버리면 안 돼?"

"안 돼! 지금은 몸을 빼는 것이 먼저다!"

혈우가 짜증스럽게 말하자 독고유는 황급히 고개를 내저었다.

지금이 암궁의 추격을 한시적이나마 완벽하게 따돌릴 수 있는 유일한 기회였다.

혈우라는 변수가 만들어 낸 최고의 기회!

"이렇게 놓칠 수는 없지!"

속력을 줄이지 않은 채 공력을 끌어올린 독고유는 우수로 느릿느릿 태극의 형상을 그렸다.

휘이이잉—

그의 손에서 뿜어져 나온 바람에 사방의 나뭇잎들이 회오리치듯 모여들어 그의 손으로 빨려 들었다.

그리고.

쒜에엑!

핑그르 몸을 돌린 독고유의 손이 순간 채찍처럼 허공을 후려치자 수백 수천의 나뭇잎들이 비수처럼 쏟아져 나갔다.

퍼퍼퍽!

그의 뒤를 쫓던 암궁 무사들의 몸이 갈가리 찢긴 채로 허물어졌다.

그리고 옆에서 그 모습을 지켜보던 혈우의 눈빛이 순간 번뜩였다.

"나도 할 수 있어!"

쿠우웅!

버럭 외친 혈우가 공중에서 신형을 돌려 그대로 만근의 무게가 담긴 진각을 내리찍었다.

혈우의 몸이 흙먼지를 일으키며 뒤로 주우욱 밀려나는 가운데 주위의 땅이 거미줄 같은 균열을 일으키며 뒤집혀 올랐다.

콰앙!

뒤이어 혈우가 한쪽 어깨를 번개처럼 흔들자 가공할 폭음과 함께 솟구쳐 오른 흙먼지와 돌멩이, 풀들이 무수한 칼날이 되어 사방으로 터져 나갔다.

퍼퍼퍼퍽!

"끄윽!"

"크윽!"

혈우를 향해 달려들던 수십의 암궁 무사들뿐만 아니라 주위의 초목들마저 고슴도치가 되어 산산이 부서졌다.

"잘했다! 이제 멈추지 말고 달리자!"

"응!"

암궁 무인들의 추격이 십여 장 밖으로 뒤처지고, 독고유와 혈우의 신형이 끝없이 펼쳐진 숲의 어둠 속으로 사라져 갔다.

그리고.

"무슨 일인가?"

숲의 모든 정경이 한눈에 들어오는 산의 정상.

눈동자를 굴려 숲의 어둠 속을 내달리는 독고유와 혈우의 신형을 쫓던 이들, 막여후와 막도호는 그들 앞에 하운천의 신형이 나타나자 놀란 표정을 지어 보였다.

"어째서 돌아온 것이지?"

막여후는 납득할 수 없는 표정으로 물었다.

그로서는 이해되지 않는 것이 한두 가지가 아니었다. 하나의 변수를 제거하려는 이 시점에서 어째서 하운천이 다시 되돌아온 것인지조차 그에게는 의문이었다.

"포위망을 해제하고 당장 모든 전력을 회수해."

"뭐, 뭣?"

하얗게 질려 이빨을 딱딱 부딪치고 있던 하운천은 납득할 수 없는 명을 내렸다.

막여후가 눈을 부릅뜨자 하운천이 버럭 소리쳤다.

"당장 회수하란 말이야!"

"그 이유부터 말해 봐야 할 것 아닌가!"

"……강한 거였어. 저 꼬맹이, 우리보다도 훨씬 더!"

하운천이 눈을 부릅뜨며 외치자 막여후와 막도호의 얼굴에 경악의 빛이 스쳤다.

"당장 회수시켜! 저 꼬마 녀석의 정체를 알아내는 것을 최우선으

로 한다!'

"······조, 존명!"

벼락같은 외침으로 명을 내린 하운천이 휘릭 몸을 돌렸다.

그의 등 뒤로 식은땀을 흘리는 막여후와 막도호가 부복했다.

두 형제의 얼굴에는 여전히 경악과 불신의 빛이 가득했다.

"하아······. 하아······."

하늘은 구름 한 점 없이 푸르고 높았다.

이제 손가락 하나 까딱할 힘도 남아 있지 않았다.

뒤도 돌아보지 않고 달리고 또 달렸다.

해가 뜨고 지는 것을 보면서도 달렸다.

그 덕분일까.

"푸우—."

옆에 누운 혈우가 입맛을 다시며 긴 숨을 토해 내었다.

지난 추격에 지친 것은 독고유뿐만이 아닌 모양이다.

"이제 정말 어쩐다······."

바닥에 머리를 투욱 떨군 독고유는 한숨 섞인 목소리를 토해 내었다.

작은 둔덕에 몸을 뉘이고 푸른 하늘을 올려다보고 있건만, 머릿속은 상쾌해지기는커녕 오히려 더욱더 복잡하게 꼬여만 가고 있었다.

피곤 탓일지도 모른다.

피곤이 도를 넘어 잠이 오지 않을 정도였으니까.

"우선은 주합, 이 녀석을 만나야 할 텐데……. 도대체 어디서 무슨 짓을 벌이고 있을지……."

가장 시급한 문제는 주합과 합류해야 한다는 것이었다.

물론 쉽지 않을 것이 틀림없다.

넓디넓은 강호에서 주합 한 사람을 찾는 것이 어디 쉬운 일이겠는가.

게다가 주합이 그를 찾으러 다니며 어떤 사고를 칠지 상상하기도 싫을 지경이었다.

"제발 큰 문제 일으키지 않길 바랄 수밖에……."

간절한 염원을 담아 중얼거리던 독고유의 숨소리도 점차 잦아들어 갔다.

이내 서늘한 가을바람이 불어오는 언덕 위에는 두 사람의 크고 작은 숨소리만 번져 나갈 따름이었다.

그리고 그제야 언덕 정상에서 홀연히 인영 하나가 솟구쳐 올랐다.

"으슬으슬할 텐데 잘만 자는군. 아무튼 찾았다."

언덕 위에 나타난 이는 어찌 보면 불혹에 가까운 나이 같아 보이기도, 어찌 보면 약관도 채 되지 않아 보이기도 하는 기괴한 외모의 사내였다.

육 척도 되지 않는 작은 키 때문인지 잔주름에도 불구하고 어려 보이는 얼굴 때문인지는 알 수 없다.

얼굴의 반을 가린 흑발과, 턱 바로 아래까지 착 달라붙어 있는 흑의가 인상적인 사내.

면면에 장난기 어린 웃음을 짓고 있던 사내는 품 안에서 작은 죽편(竹片)을 꺼내 들었다.

검지 끝을 으득 깨물어 몇 글자 휘갈겨 쓴 사내는 다시 잠이 든 독고유와 혈우를 스윽 둘러보았다.

"그런데 한 놈과 한 계집이 부족하군? 그래서 그동안 다른 녀석들의 추격을 피할 수 있었던 건가? 흐음……. 염(炎)이라는 글자의 주인이 어떤 놈인 거지?"

잠시 턱을 괴고 생각에 잠긴 사내는 슬그머니 허리춤으로 손을 가져갔다.

손잡이 끝에 사슬이 달린 시퍼렇게 날이 선 낫이 사내의 손에 쥐어졌다.

"그냥 한 놈씩 팔다리를 끊어 놓고 물어볼까?"

움찔!

사내의 장난기 어린 눈동자에서 서슬 퍼런 기운이 스멀스멀 번져 나가자 잠에 빠져 있던 혈우가 순간 움찔 몸을 떨었다.

그리고 그와 동시에 사내의 몸에서 흘러나오던 살기도 삽시에 흔적을 감추었다.

"에이, 그랬다간 문주한테 내가 먼저 목이 달아나겠지? 우선 보고부터 하고 볼까나? 흠, 그런데 이 꼬맹이랑 애늙은이 녀석이 그렇게도 강하단 말이지?"

사내는 다시 씨익 웃었다. 뭔가 흥미로운 장난감을 발견한 듯한 미소였다.

"기회가 되면 한 놈씩 죽여 보고 싶은데 그건 아무래도 힘들 것 같고……. 최대한 빨리 문주가 명을 내리길 기다려야겠구만. 하여간 망화 그 계집은 죽을 때도 고따위로 죽어서 맹주 속을 긁어놓고 난리야! 최대한의 고통을 주고 죽인다고? 천라지망도 뚫어 낸 놈들을 무슨 수로 그런단 말이야? 쳇. 아무튼 다들 어지간히 멍청하다니까."

아예 자리까지 잡고 독고유와 혈우를 내려다보던 사내는 이내 투덜투덜 가슴속에 담아 뒀던 불만을 토해 내기 시작했다.

망화.

그것은 분명 살문의 오대 특급살수 중 일인으로서 주합에게 목숨을 잃은 여인의 이름이었다.

그런 그녀를 이토록 하대해 부를 수 있는 이 사내의 정체는 무엇일까.

그 단서는 사내가 쥐고 있던 사슬낫에 있었다.

소리가 들릴 때는 이미 목표물의 목이 땅에 떨어진 뒤라 하여 붙여진 별호, 음월사신(音越死神).

음월사신 미안(微顔).

살문 오대살수의 일원인 음월사신 미안이 바로 그 사내의 정체였다.

"아무튼 잘 자라. 보아하니 엔간히도 거칠게 쫓긴 모양인데, 내가 목을 따러 올 때까지 죽지 말라고."

손가락으로 볼을 긁적인 미안은 마치 친우에게 말하듯 독고유와 혈우에게 말하고는 별안간 오른팔의 소매를 휘익 흔들었다.

 파드득!

 순간 그의 소매 안에서 한 마리 백웅(白鷹)이 날아오르더니 그의 좌수에 얹어져 있던 죽편을 움켜쥐고는 하늘 저편으로 사라졌다.

 "그럼 이만. 다시 만날 때까지 보중하라고."

 검지와 중지를 들어 눈가에 한 번 살며시 흔든 미안의 신형이 언덕의 아래로 꺼지듯 쑤욱 사라졌다.

 방금 전까지도 존재하고 있었건만, 마치 애초부터 존재하지 않았던 이처럼 주위의 풍경은 한 점 흐트러짐이 없었다.

 독고유가 잠에서 깨어난 것은 시체처럼 꼬박 네 시진을 자고 난 후였다.

 어찌나 피곤하였던지 네 시진이나 기절해 있었으면서도 그 시간이 찰나와 같이 느껴졌고, 잊고 있던 통증이 전신으로 엄습해 왔다.

 "아그그그—."

 몸을 이리저리 돌려 뼈 소리를 내며 일어선 독고유.

 그러다 이내 곁에 누워 있던 혈우가 사라졌다는 사실을 깨닫고 황급히 고개를 돌렸다.

 "게서 뭘 하고 있는 게냐?"

 "……"

 혈우는 둔덕의 정상에 쪼그려 앉은 채 뭔가를 유심히 들여다보고 있었다.

 물어도 대답조차 하지 않았기에, 독고유는 불안한 마음이 들 수밖에 없었다.

 "뭐가 보이느냐?"

 다가가서 본 혈우는 멍한 표정으로 땅 아래를 내려다보고 있었다.

 자신이 보기에는 아무런 이상도, 변화도 없었다.

 "이상해. 여기에 있으면 몸이 막 추워."

 "엥……?"

 독고유는 고개를 갸웃했다.

 몸이 막 춥다니. 이제 초가을에 불과한 날씨가 추울 리 없었다.

 게다가 이곳은 광동.

 다른 곳보다 훨씬 더 더운 곳이다.

 그렇다면……

 '살기?'

 그렇다면 혈우가 말하는 것은 자연적인 추위가 아니라는 말이나 마찬가지였다.

 하지만 그리 생각하니 의문이 더 커졌다.

 인위적으로 만들어 낸 한기라면 살심(殺心)이 담긴 기운일 터인데, 누가 이곳에서 그런 기운을 흘렸단 말인가.

 '우리에게……? 떠난 후에도 자리에 남을 정도로 강한 살기를……?'

보통, 살기라는 성질의 기운은 한 자리에 오래 남아 있기 힘든 것이다.

때때로 사람의 원한이 지기를 흐트러뜨릴 정도로 변하여 폐가, 혹은 흉가가 만들어지거나 원귀로 화하곤 하나 극히 특수한 경우에 불과하고, 대부분 자연의 기에 이리저리 휩쓸려 희미해지고 사라지는 것이 보통이었다.

그런데 이 자리에서 살기가 느껴진다니?

'귀신이라도 씌인 곳인가? 아니, 누군가가 있었던 것이라면 자리에 남을 정도의 강한 살기를 흘리고도 왜 그냥 물러난 것이지? 분명 방금 전까지 나와 혈우, 둘 다 무방비 상태였을 터인데.'

암궁에서 그들을 추적하는 데 성공하였다면 분명 자는 도중에 목이 잘려 나갔을 터였다.

그것도 아니라면 또 다른 누군가가 자신들을 노렸다는 말인가?

'모르겠군. 모르겠어. 제기랄. 신경 쓰지 않아도 될 일이길 바랄 수밖에.'

독고유는 고개를 저었다.

맹주의 정체를 확실히 알게 된 그 순간에 또 다른 미지의 무언가를 보게 되니 가뜩이나 꼬여 있는 머릿속으로는 도무지 답을 내릴 수 없었다.

"혈우야, 가자."

"어디로?"

"주합 녀석을 찾아야지."

"아저씨? 아저씬 어딨는데?"

"그걸 모르니 찾으러 가자는 거 아니겠느냐."

"응."

혈우는 못내 찝찝한 표정으로 자리에서 일어섰다.

분명 혈우도 뭔가 미심쩍은 구석을 감지하고 있을 터다.

물론 독고유도 혼란스러운 와중에도 자신만의 결론을 내놓고 있었다.

살기만을 뿌리고 사라진 이라면 언제라도 다시 자신들을 찾아오리라는 것.

그것만은 무림의 생리상 분명하다 말할 수 있는 것이었다.

"그런데 어디로 갈 거야? 또 그 나쁜 놈들이 쫓아오면 어떻게 해?"

"많은 이들의 눈에 띄는 곳으로 다니면 놈들도 쫓아오지는 못할 게다."

"그런 걸 다 어떻게 알아?"

언덕 아래로 내려와 오솔길로 접어들면서 혈우는 연신 궁금한 듯 물어왔다.

독고유는 그런 혈우의 반응이 의외인 듯 고개를 숙여 그의 눈을 내려다보았다.

반짝이는 두 눈.

분명 전과 다른 눈빛이다.

"세상에는 말이다, 비단 무공뿐만 아니라 수많은 종류의 공부가 존재한단다. 개중에는 사람의 마음을 읽는 신비로운 것에서부터 넓게는 하늘의 뜻까지, 그리고 세상의 법칙을 아우르는 것들까지도 있지."

"와아······. 그런 건 어떻게 배워?"

"으음······. 무림과는 관계없는 곳에서?"

"무림과 관계없는 곳?"

혈우의 눈이 또다시 크게 번뜩였다.

생각지도 못한 것을 들은 탓이리라.

당연했다. 혈우에게 세상의 전부는 무림일 터이고, 무림이 아닌 세상은 상상도 하지 못하였을 테니까.

하지만 독고유는 잘 알고 있었다.

무림은 무공을 배운 이들만의 세계일 뿐, 무공을 익히지 않은 이들에게는 단순한 두려움과 경외의 세상이라는 것을.

"그래. 무림이 아닌 세상에서는 그런 것이 대접받지. 사람을 살리는 것. 수많은 백성들을 이롭게 하는 것."

"와, 와아ㅡ! 그 사람들은 뭐라고 불러?"

"그 사람들?"

독고유는 평소보다 더욱 지대한 관심을 보이는 혈우의 반응에 마음속으로 연신 놀라움을 표하고 있었다.

사람을 죽이지 않아도 되는, 아니 오히려 이롭게 한다는 것이 지금의 혈우에게는 대단히 매력적인 모양이었다.

"보통은······ 문인이라고들 많이 말하지."

"문인? 문인……. 으응."

혈우는 그제야 답을 얻은 듯 연방 고개를 끄덕였다.

그때부터 몇 시진이나 홀로 문인이라는 단어를 중얼거려 독고유를 궁금하게 만들었지만, 독고유는 끝끝내 혈우가 생각하고 있는 바가 무엇인지를 물어보지 않았다.

독고유는 닷새를 내리 걸으면서, 조금씩 조금씩 북상했다.

경공으로 빠르게 움직이려는 생각을 하지 않았던 것은 아니었으나, 지금은 단시간에 소진된 진기를 다시 보충하고 언제 일어날지 모를 싸움에 대비하여 체력을 비축해 두는 것이 중요하다 판단했기 때문이다.

"으음."

닷새 만에 관도를 타기 시작한 독고유는 시시각각 변해 가는 주위의 풍경에 연신 고개를 끄덕였다.

다행히도 광동의 깊은 곳까지는 들어오지 않은 모양이었다.

크고 작은 산들이 하나 둘씩 사라지고 꽤나 울창한 산들이 앞에 나타났으며, 그 사이로 관도가 뻗어 나가고 있었기 때문이다.

강서(江西) 땅으로 향하는 길임에 틀림없었다.

"우선은 마을에 들러야 하겠군."

독고유는 관도에서 빠져나와 자그마한 샛길로 들어섰다.

말할 수 없는 불문율과 같은 이유로 무림인들의 소통이 적은 광동.

그곳에도 유일하게 무림인들이 모이는 곳이 있었다.

그곳은 바로 용문(龍門).

이곳의 객잔은 무림에서 가장 외진 곳에 있음에도 모르는 이가 없을 정도로 유명했다.

나지막한 둔덕을 몇 개 지나자 용문이 모습을 드러내었다.

하지만 그 모습을 본 혈우는 고개를 크게 갸우뚱할 수밖에 없었다.

"저게 마을이야?"

"그리 보이지 않느냐?"

"응. 이상해."

독고유가 그럴 줄 알았다는 듯 피식 웃으며 말하자 혈우는 머리를 긁적이며 다시 용문으로 시선을 돌렸다.

확실히 마을이라고 하기에는 조금 이상한 모습이었다.

대나무로 얼기설기 엮은 담장이 마을을 둘러싸고 있는 것의 전부였으며, 그 안에는 객잔으로 보이는 커다란 건물과 조그마한 초옥 두어 채가 전부였던 것이다.

객잔을 운영하기에는 타산이 턱없이 맞지 않아 보이는 마을, 아니 마을이라고 부르기에도 턱없이 모자란 촌락이었다.

"들어가 보면 알게 될 게다."

독고유는 씨익 웃으며 마을 안으로 걸음을 옮겼다.

객잔의 모습은 멀리서 보았을 때보다도 훨씬 컸다. 아니, 무림의 다른 객잔들과 비교해도 비교가 되지 않는 크기다.

묵빛 현판에 새겨진 용문객잔(龍門客盞)이라는 글자가 눈앞에 다가오자 혈우는 입을 헤에 벌렸다.

끼이이―

독고유는 심호흡을 하며 문을 열고 안으로 들어섰다.

뒤이어 혈우도 안으로 들어섰고, 이내 입을 쩌억 벌렸다.

"와아―!"

혈우는 눈을 부리부리하게 떴다.

일층의 거대한 대관을 중심으로 위로 여섯 개 층 객잔의 단면이 주욱 둘러져 보였는데 하나같이 무림인으로 보이는 이들이 자리하고 있었다.

게다가 대관의 한쪽 벽면에 보이는 거대한 용의 문양이라니!

무림인이 아니라면 들어오는 것만으로도 오금이 저릴 터였다.

"어서 오십시오―."

독고유가 느긋한 발걸음으로 안으로 들어서자 약관을 갓 넘긴 듯한 인상 좋은 점소이가 후다닥 달려왔다.

혈우의 눈동자에 또다시 이채가 어렸다.

무림맹의 점소이도 그 나이 또래에 비해 꽤나 높은 수준의 성취를 이루고 있었으나, 이 점소이와 비교하면 그야말로 조족지혈이었다.

강호에 나서도 능히 일류라 불릴 만한 기도.

"형님, 여기 전부 다 무인이야?"

"음, 협객들만이 올 수 있는 곳이란다."

독고유는 기특하다는 듯 혈우의 머리를 쓰다듬으며 고개를 끄덕였다.

 독고유와 혈우의 행색은 너무나 남루하였지만, 점소이는 이미 그런 것을 숱하게 보아 온 듯 오히려 만면에 미소를 가득 띠고 몸을 굽혔다.

 "우선 여독을 푸시겠습니까? 좋은 옷도 준비해 놓겠습니다."
 "음, 고맙소. 하지만 옷은 이것으로 충분하니 심려치 마시오."
 "예에. 음식은 미리 준비해 두겠습니다."
 점소이는 몸을 굽히며 이층의 계단으로 걸음을 옮겼다.
 그가 막 계단을 오르려는 순간 맨 꼭대기 층, 육 층에서부터 쩌렁쩌렁한 소리가 터져 나왔다.
 "동파육! 어향육사!"
 "앗! 예! 갑니다!"
 외침에도 공력이 담겨 있어 순간 객잔 안에 파장이 번져 나가듯 무인들이 일시에 몸을 부르르 떨었다.

 슈슈슉!

 그리고 다음 순간, 음식이 담긴 두 개의 접시가 불현듯 육 층의 부엌 안에서 던져졌다.
 그리고 그와 동시에 점소이도 몸을 날렸다.

 스화악—!

 나지막한 파공음을 내며 허공을 미끄러지듯 날아오른 점소이는 곡예와 같은 몸짓으로 떨어지는 음식을 받아 들었다.
 흘린 국물이며 음식의 조각까지도 그릇 밖으로 벗어나는 법이 없다. 이런 신기에 가까운 곡예를 바로 옆에 두면서도 무림인들은 항상 있었던 일처럼 아무도 신경 쓰지 않았다.

그대로 공중에서 바람개비처럼 핑그르 몸을 돌린 점소이가 삼 층의 중앙에 길게 매달린 줄 위로 떨어져 내렸다.

터엉!

줄을 박차고 재차 솟구쳐 오른 점소이는 그대로 사 층의 난간에 올라섰고, 익숙한 놀림으로 탁자 위에 음식을 올려놓았다.

"동파육, 어향육사 나왔습니다!"

무인들이 흐뭇한 표정으로 젓가락을 들고, 몸을 꾸벅 숙인 점소이는 다시 득달같이 몸을 날려 독고유와 혈우의 앞으로 다가섰다.

"와, 와아—!"

그 몸놀림이 어찌나 신묘한지 보고 있는 혈우마저도 입을 쩌억 벌릴 지경이었다.

무공은 어떤지 모르겠으되 보신경에 있어서만큼은 능히 절정이라 불러도 될 만한 수준이었다.

그야말로 용소(龍沼)라 부를 만한 객잔이다.

비단 점소이뿐만 아니라 청소부와 요리사, 객잔 주인까지도 모두 각자 한 가지씩의 비범한 특기를 지니고 있으니까.

하지만 무인들의 왕래가 적은 광동에서도 이곳이 수많은 무인들이 모이는 명소가 된 것은 비단 이들의 이런 비범함 때문만은 아니다.

수많은 정보가 오가는 곳.

아무리 비밀 이야기라도 객잔 내부의 점소이나 일꾼들의 귀를 피해 갈 수는 없었고, 그 덕에 이곳은 그 어느 곳보다도 대단히 많은 정보가 오가게 되었다.

음식이 맛있고 나눌 이야기도 넘쳐 나니 무인들이 모이지 않을 리가 없다.

게다가 객잔 내에서의 싸움이 금지되어 있다는 것도 크게 한몫했다.

일류 이상의 무인들이라도 객잔의 점원들이 손발을 걷어붙이면 벅찰 지경의 무위를 지니고 있었고, 객잔 주인의 무위는 능히 절정에 달한다 했으니 어지간히 담이 큰 무인이 아닌 이상 난동을 피울 수는 없을 터다.

그렇기에 이곳은 정파와 사파 무인들이 나란히 앉아 식사를 하는 진풍경을 종종 구경할 수 있는 곳이었고, 과거에는 정사 양도의 회담 장소로도 자주 이용되곤 하였다.

시국이 혼란스러운 지금에는 사파의 무인들을 찾아볼 수는 없었지만 말이다.

"귀하신 손님들을 기다리게 하여 면목이 없습니다."

점소이는 꾸벅 몸을 숙였다. 그러다 혈우의 반짝이는 눈빛과 마주하고는 빙긋 미소 지었다.

"이 소영웅께서도 무공을 익히셨습니까?"

"그렇소."

독고유는 고개를 끄덕였다.

무인이 아니면 들어올 수 없으니 당연히 익히지 않았겠느냐, 하는 말투였다.

점소이는 다시 빙긋 웃었다.

"괜찮으시다면 소영웅의 무예를 한 수 감상할 수 있을는지요?"

"으음?"

독고유는 의외라는 듯 눈썹을 치켜 올렸다.

점소이도 더 이상 말을 않은 채 빙긋 웃고만 있었고, 혈우만이 그 말의 뜻을 이해하지 못한 채 독고유를 올려다볼 뿐이었다.

'역시 보통 안목이 아니라는 말인가?'

내색하지 않고 있었으나 독고유는 지금 당황한 가슴을 진정시키고 있었다.

무인들만이 모이는 용문객잔. 이곳에서 한 수를 청한다 함은 그가 곧 용문에서 인정한 손님이라는 뜻과 마찬가지였다.

보통의 무인이 가지지 못한 비범한 무언가를 가진 이.

그런 이들에게만 용문 유일의 상석에서 자신의 무예를 뽐내는 것이 허용되었던 것이다.

그리고 이 점소이는 혈우에게서 그런 비범한 무언가를 느낀 것이 분명했다.

"왜? 왜? 무슨 말이야?"

독고유가 침을 꿀꺽 삼키자 궁금함을 참지 못한 혈우가 채근했다.

점소이는 한 번 더 빙그레 웃으며 혈우를 바라보았다.

"네 무공을 보여 달라는 말이란다."

독고유가 혈우의 머리를 쓰다듬으며 말했다.

머리를 쓰다듬으며 은은히 진기를 흘려 점소이의 말을 거절하라는 뜻을 얼핏 내비쳤다.

하지만 혈우는 전혀 그런 기색을 느끼지 못한 듯 고개를 갸웃했다.

"무공을? 왜?"

"하하, 소영웅께서는 아직 강호 경험이 많지 않은 분이신가 보군요."

"초출이오. 아직 어린아이이니 더 무엇을 말할 것이 있겠소."

"흐음……."

점소이는 고개를 끄덕이며 다시 한 번 혈우를 아래위로 살폈다.

"하면……."

"할래!"

"엥?"

별수 없다는 듯 입을 열던 점소이와 독고유의 고개가 동시에 혈우에게로 돌아갔다.

혈우는 눈을 반짝이며 연방 고개를 끄덕였다.

"할래! 할래!"

"뜨허……."

독고유는 저도 모르게 나온 목소리를 황급히 주워 삼켰다.

역시나 당황하기는 마찬가지였는지 멍하니 혈우를 내려다보던 점소이는 다시 입 꼬리를 끌어올리며 고개를 끄덕였다.

"하하, 좋습니다. 하면 먼저 방으로 안내해 드리지요."

점소이는 이층의 방으로 안내했다. 정갈한 느낌의 방이다.

"일식경 후에 모시러 오겠습니다."

"고맙소!"

타악—!

"뭐냐, 네 녀석 점소이가 한 말이 무슨 말인지는 알고 말한 게냐?"

문이 닫히기가 무섭게 혈우를 침상 위에 들어 앉힌 독고유가 황급히 입을 열었다.

혈우는 그런 그를 멀뚱멀뚱 내려다보다가 고개를 끄덕였다.

"저 앞에서 무공을 펼치면 되는 거 아니야?"

"이 멍청한 녀석! 그러다 다른 이들이 네 무공을 알아보면 어쩔 테냐! 에효……"

독고유는 한숨을 내쉬며 머리를 벅벅 긁었다.

이미 하겠다고 받아들였으니 거절할 수도 없는 노릇이다.

게다가 이미 혈우는 자신이 한 명의 무인이며 협객이라 생각하고 있으니 그것을 깨뜨릴 수도 없었다.

"별수 없지. ……혈우야, 너는 몇 가지의 무공을 익혔느냐?"

"응? 하나, 둘…… 여덟 개하고 네 개."

"으음."

짐작은 하고 있었지만 혈우가 익힌 무공에 대해 직접적으로 물어 본 것은 이번이 처음이었기에 독고유는 저도 모르게 침음성을 흘렸다.

신마의 열두 절예를 모두 익혔다는 말이니 어찌 놀랍지 않을까.

어쩌면 이 아이야말로 만고의 천재가 아닐까.

"보법과 신법을 제외한 것들을 내공의 흐름 없이 하나하나 펼치면 된단다."

"내공……?"

"그래."

독고유는 고개를 끄덕였다. 하지만 혈우는 검지를 입에 가져다 댄 채 멍하니 허공을 올려다볼 뿐이었다.

"우, 우선 한 번 시험해 보거라. 가장, 가장, 가장 약하게."

그 시선에 갑자기 매우 불안해진 독고유는 혈우의 어깨를 꾸욱 붙잡으며 말했다.

혈우는 고개를 끄덕였다. 그리고는 전방의 주탁으로 가벼이 손을 내저었다.

퍼억!

가벼운 손짓 한 번에 주탁이 가루가 되어 흩어지고, 혈우는 또다시 고개를 갸웃했다.

"다, 다시!"

"응!"

파악!

이번에는 의자들이 하나씩 하나씩 가루가 되어 사라졌다.

그렇게 침상의 끄트머리와 창문 일부, 꽃병 두 개를 날려 먹고서야 혈우는 온전히 손짓만 할 뿐 아무 기운도 발산하지 않게 될 수 있었다.

독고유는 가슴을 쓸어내렸다.

행여 조절을 잘못하여 객잔 내부의 손님 한두 명의 목이라도 날려 버린다면, 그 뒤에 일어날 일은 그의 상상을 불허하는 것들일 터이기 때문이다.

무인들뿐만 아니라 용문객잔까지도 적으로 돌리게 된다면…….

상상만으로도 몸이 떨렸다.

"씻자."

"응."

우선 급한 불 하나는 끈 셈이 되었지만, 지난 닷새간의 여독을 푸는 내내 독고유는 어딘지 모르게 불안하고 무거운 마음을 도저히 억제할 수 없었다.

"식사가 준비되었습니다."

한창 지친 몸을 달래고 있을 때 문밖에서 점소이의 목소리가 들려왔다.

혈우와 눈을 마주친 독고유는 고개를 끄덕이며 방 밖으로 걸음을 옮겼다.

'좋은 방향으로 생각하자, 좋은 방향으로.'

점소이의 뒤를 따르면서 독고유는 연방 스스로에게 되뇌이고 또 되뇌였다.

여기서 혈우가 안목 높은 이들의 찬탄을 이끌어 낼 수만 있다면, 굳이 얼마 남지 않은 은전을 쓰지 않더라도 충분히 원하는 정보들을 얻어 낼 수 있을 테니까.

"와—! 와아!"

음식이 마련된 탁자로 다가서자 혈우가 탄성을 내질렀다.

얼핏 보기에도 군침이 돌게 만드는 먹음직스런 음식이 한 상 가득 차려져 있었던 것이다.

게다가 용문객잔의 주방장은 실력이 좋기로 정평이 난 바, 독고유조차 체면치레 없이 마구 음식을 집어 먹고 싶은 충동을 느끼게 만들었다.

"음."

하지만 알고 있었다. 이것은 혈우가 보여 줄 무예에 대한 보답이라는 것을.

독고유는 자리에 앉아 앞에 놓여진 소면을 묵묵히 먹었다.

"음식이 입에 맞지 않으십니까?"

당장이라도 음식을 집어 먹으려는 혈우와 달리, 독고유가 다른 음식들에 별다른 관심을 보이지 않자 점소이가 이해할 수 없는 듯 물었다.

"아니오. 음식 값을 지불할 돈이 없으니 이것만 먹는 것뿐이외다."

"아, 하하! 걱정하지 마십시오. 소영웅께서 무공을 보여 주실 것에 대한 답례입니다."

"아직 보여 주지도 않았는데 어찌 답례를 먼저 받을 수 있겠소."
"으음……."
독고유의 말에 점소이는 처음으로 신음을 흘렸다.
웃고 있는 눈동자에 순간 작은 기광이 번뜩였다.
"알겠습니다. 하면 소영웅, 부탁드리겠습니다."
독고유가 원하는 바가 무엇인지를 알아들은 것이 분명했다.
과연 용문.
칼밥 먹는 자들을 상대로 장사해 온 이들이라 눈치마저 비상하다.
"여기……?"
일층의 대관으로 내려간 혈우는 상석을 향해 걸음을 옮겼다.
벽에는 무림의 소식을 전하는 방들이 가득 붙어 있고, 그 아래로 비무대를 축소시켜 놓은 듯한 모습의 상석이 일 장 높이로 솟아 있었다.
그 근처만은 아무도 얼씬거리지 않았기에, 상석으로 올라서는 혈우의 존재감은 여느 때보다 확연했다.
"저것 좀 보게? 꼬맹이가 상석에 오르는군!"
"허! 나도 올라 보지 못한 곳에 저런 핏덩이가!"
자연스레 주위의 시선이 모여들었다.
웅성이던 무인들은 하나 둘씩 혈우의 뒷모습에 시선을 고정했다.
놀라움 혹은 시기가 담긴 목소리가 하나 둘씩 터져 나왔다.
당연했다.

용문이 인정한다는 것은 곧 대단히 뛰어난 귀재라는 뜻이며, 상석에 오른 이들치고 오 년, 혹은 십 년 후에 유명해지지 않은 이가 없었으니까.

"헤에—."

혈우는 자신의 키보다 훨씬 더 높은 곳에 위치한 상석을 물끄러미 올려다보다 휘릭 몸을 날렸다.

"푸핫! 고놈, 몸이 엄청 날쌜세!"

키의 세 배는 되어 보이는 높이였기에 솟구쳐 오르는 혈우의 모습은 마치 날다람쥐를 연상시켰다.

여기저기서 웃음이 터져 나온 것도 잠시.

혈우가 상석 위에 멈춰 서자 무인들은 하나 둘씩 숨을 죽이고 혈우의 모습을 주목했다.

용문이 인정한 귀재. 아무리 어리다곤 하나 그 무위는 분명 범상치 않으리라.

'형님!'

천천히 몸을 돌린 혈우는 이층에 앉은 독고유를 올려다보았다.

주먹을 불끈 쥐어 보이는 독고유.

제대로 보여 주라는 뜻이리라.

"웅!"

크게 고개를 끄덕이며 대답한 혈우는 천천히 좌수를 앞으로 내밀었다.

탈혼지.

너무나 느린 움직임. 검지와 중지를 앞으로 내뻗은 혈우는 핑그르 몸을 돌리며 우수의 장을 앞으로 내밀었다.

파파팟!

삽시에 쌍장이 수십 차례 허공을 갈랐다.

쌍룡합벽(雙龍合壁).

펄럭이는 옷깃이 채 멈추기도 전에 두둥실 떠오른 혈우의 발이 허공을 내리 갈랐다.

신요회각(神擾回脚).

터엉!

땅에 떨어진 발끝이 그대로 땅을 박차며 또 다른 동심원을 그렸다.

그와 동시에 혈우의 몸이 땅과 수평으로 누우며 일권을 내질렀다.

교룡벽해(蛟龍劈海).

한 호흡의 쉼도 없이 초식들을 펼쳐 내는 혈우를 보며, 할 테면 해 보라는 식으로 지켜보던 무인들도 하나 둘씩 숨을 죽여 갔다.

한 번도 본 적 없는 기기묘묘한 초식들.

서로 따로 노는 듯하나 또한 기묘하게 끊길 듯 말 듯 하나처럼 이어지니 꼬마아이의 몸에서 펼쳐진다고는 믿을 수 없을 정도의 박력이 있었다.

그것은 혈우도 마찬가지였다.

그저 머릿속에 떠오르는 무공들을 마구잡이로 펼쳐 내기 시작하였는데 어느새 숨결이 고요해지고 생각보다도 몸이 먼저 움직이고 있었다.

각자가 별개의 무공이라 생각했던 것이 오산이었다.

어쩌면 이것들을 하나하나 펼쳐 내는 것은, 혈우의 상상을 뛰어넘는 위력을 지니고 있을지도 몰랐다.

그렇게 차츰차츰 자신이 무슨 무공을 펼치고 있는지도 잊어 가며 혈우는 전에 없는 희열이 전신을 덮쳐 옴을 느끼고 있었다.

휘리릭!

한 발을 축으로 몸의 형체를 알아볼 수 없을 정도의 빠른 속도로 몸을 회전한 혈우는 그대로 공중제비를 돌며 하늘로 솟구쳐 올랐다.

연풍회랑(軟風廻浪).

'나, 강해!'

하늘로 솟구쳐 오르면서, 혈우는 처음으로 자신이 강하다는 생각을 했다.

그와 함께 그가 죽여 왔던 무수한 이들의 얼굴이 뇌리를 스치고 지나갔다.

한결같이 공포에 찌든, 죽음과 마주하고 싶지 않아 하는 두려운 표정들.

아저씨와 형님을 만난 후에 그들을 마주했다면 어땠을까.

그토록 무자비하게 그들을 도륙할 수 있었을까?

이토록 강한 무(武)는 내가 가진 의와 협에 부끄럽지 않은 것일까?

후우웅!

머리에서부터 수직으로 떨어져 내리는 혈우의 신형에서 희끄무레한 빛이 은은하게 번져 나갔다.

내뻗은 일장이 방금 전까지와는 사뭇 다른 기세를 품었다.

쩌어엉―!

상석의 중앙에 혈우의 일장이 내리찍히자 순간 객잔 전체가 지진이라도 난 듯 들썩였다.

"……!"

무인들은 일제히 눈을 부릅떴다.

무아지경에 빠져 저도 모르게 공력을 발출한 것은 충분히 있을 수 있는 일이라 생각하고 넘어갈 수 있었다.

하지만 상석 위에 나타난 거대한 손자국.

마치 대수인(大手印)이 만들어 낸 흔적처럼 반경 삼 장에 달하는 상석의 전체에 장흔이 남아 거미줄 같은 잔균열을 만들어 내고 있었다.

"……"

혈우는 여전히 상석 위에 물구나무선 채 움직이지 않고 있었다.

그리고 그런 그를 바라보는 독고유의 안색은 그야말로 잿빛.

혈우의 움직임이 점점 흥겹고 빨라질 때부터 불안한 마음이 솟아올랐던 그다.

'결국 사고를 쳤군…….'

혈우의 정체가 신마이리라고는 생각하지 못한다 치더라도 분명 그의 사문이 어디인지 궁금해 하는 무인들이 상당수 생겨날 터였다.

자칫 이것이 잘못 소문이라도 퍼져 나간다면······.

"하, 하하."

독고유의 곁에 서 있던 점소이가 나지막한 웃음을 토해 내었다.

눈으로 직접 보았음에도 믿을 수 없는 모양이다.

상석은 대리석을 깎아 만든 것으로 보이나, 사실은 화산 지저의 깊은 곳에 있는 단층을 깎아 내어 만든 것이었다.

그 강한 주인장조차도 그것을 깎아 내어 옮기는 데에 일 년이 꼬박 걸렸다 하였다.

그런데 저 꼬마는 단 일 장에 마치 모래바닥을 뒤집듯 상석을 부숴 놓지 않았는가.

"대, 대단하군······!"

"진정, 용문의 안목은 대단하구려!"

짝짝짝!

경악의 물결이 한바탕 휩쓸고 지나간 후, 한참 만에 무인들은 정신을 차리고 박수를 치기 시작했다.

환호성을 내지르는 이부터 경탄하는 이들까지, 무인들의 반응은 한결같았다.

"헤, 헤헤헷!"

일어선 혈우는 박수를 보내는 무인들을 보며 머리를 긁적였다.

얼굴을 붉히는 것을 보니 상당히 부끄러운 모양이었다.

"에휴······."

반대로 독고유의 입에서는 짙은 한숨이 새어 나왔다.

차라리 의심하고 시기하면 그것이 더 편하련만.

"벌 떼처럼 몰려오면 귀찮아지겠군……. 어?"

머리를 긁적이며 혈우가 만들어 낸 흔적을 둘러보던 독고유는 문득 고개를 갸웃했다.

혈우의 뒤편에 가득 붙어 있는 방.

그 안에서 익숙한 얼굴을 발견했던 것이다.

"상금…… 천 냥…… 무림맹……. 되게 익숙한 얼굴인데……?"

상금 천 냥이 걸린, 무림맹에서 공표한 수배지.

아무리 보아도 얼굴이 익숙했다.

긴 장발과 무복. 매 눈썹과 길게 찢어진 눈, 오뚝한 콧날과…….

"도대체 누구지? 이름이…… 독……고……유?"

초상화 밑에 쓰인 이름을 한 자 한 자 읽어 가던 독고유의 한쪽 눈썹이 나지막이 꿈틀거렸다.

"독고유? 독고유? 독고유? 독고유?"

연방 터져 나오는 수배범의 이름.

아무리 보고 또 보아도 그것은 자신의 이름이었다!

"도대체 이게……!"

경악하여 소리를 내지르려다 황급히 입을 틀어막은 독고유.

당황하여 새하얗게 변하였던 머릿속이 다시 조금씩 이성을 되찾아 갔다.

맹주!

맹주가 자신의 목에 현상금을 건 것이다!

놈이라면 충분히 할 수 있다. 이런 초강수를 둘 수 있는 이는 놈뿐이다.

'이 망할……! 무림공적으로 만들 셈이냐!'

이렇게 된다면 이제 아무도 자신의 말을 믿지 않게 될 것이 분명했다.

싹을 잘라 놓는 것을 좋아한다.

그때 그의 말은 바로 이런 뜻이었으리라.

'정보만 얻고 당장 움직여야겠군. 사파, 사파 무인들이라면 분명 나의 말을 믿어 줄 터이니. 이제부턴 가능한 모든 인력을 총동원할 수밖에는 없어!'

"형님!"

그때 혈우가 손을 번쩍 들며 큰 소리로 외쳤다.

"쉿! 쉿!"

화들짝 놀란 독고유가 손가락을 입에 가져다 대며 혈우의 뒤편을 가리켰다.

하지만 이미 늦은 후였다. 모든 무인들의 시선이 독고유에게로 향한 후였다.

"오오! 저분이 꼬마의 사형인가!"

"과연, 인상 또한 범상치 않구만!"

불행 중 다행일까.

다행히 아직 독고유를 알아보는 이는 없는 모양이었다.

독고유는 애써 여유로운 미소를 지어 보였다.

하지만 손가락질을 한 것이 큰 실수였다.

독고유가 가리킨 곳으로 고개를 돌린 혈우가 크게 한마디 내뱉었던 것이다.

"어? 형님?"

제3장

강호는 혼란에 젖어들고……

휘이이이―

바람 한 점 들지 않는 실내이건만, 장내를 가득 휘어잡은 한기는 모든 이들에게 바람 소리 같은 환청을 안겨 주었다.

단 두 사람을 제외한 장내의 모든 인물들이 한곳에 시선을 모으고 있었는데, 하나같이 웃고 떠들던 방금 전까지의 모습을 털끝만치도 찾아볼 수 없는 멍한 표정들이었다.

"……혈우야."

한참 만에 가장 먼저 입을 연 것은 독고유였다.

독고유가 입을 열자 무인들의 시선이 다시 그에게로 쏟아졌다.

"왜?"

다시 무인들의 시선이 혈우에게로 향했다.

정확히는 혈우 뒤의 방으로.

"가자."

다시 무인들의 시선이 독고유에게로 쏟아졌다.

담담하게 말하는 독고유와 달리, 무인들의 눈빛은 그 찰나지간에 급변하고 있었다.

살기등등한, 마치 먹잇감을 노리는 야수와 같은 눈빛.

일천 냥의 상금이 붙었으니 당연했다.

일천 냥이라면 군소방파의 경우에는 문파의 거대화를, 거대 문파의 경우에는 후기지수의 다수 양성을 노릴 만한 거금이었으니까.

"벌써? 아직 아무것도 안 먹었잖아."

끼이익―!

혈우는 이해할 수 없는 듯 고개를 갸웃하면서도 정문 쪽으로 걸음을 옮겼다.

독고유가 일어나며 의자 밀어내는 소리가 귓전을 때리자, 여기저기서 침 삼키는 소리가 들려왔다.

독고유는 여전히 무표정했다.

그런 가운데에도 누군가와 눈을 마주치는 데에 주저함이 없고, 그 안에는 은은한 살기가 담겨 있었다.

독고유가 계단 아래로 내려오자 무인들은 당장이라도 튀어 나갈 듯 몸을 움찔움찔 떨었다.

그들이 당장 독고유에게 달려들지 못하는 이유는 간단했다.

용문객잔의 안에서는 검을 뽑아서는 안 되기 때문에.

이 안에서 무공을 펼쳤다간 정사를 불문하고 용문객잔에서 쫓겨날뿐더러 다시는 이곳에 오지 못하고, 또한 자칫하다간 목이 달아날 수도 있었다.

그것이 불문율.

그럼에도 무인들이 살기를 숨기지 못하는 이유는 독고유의 목에 걸린 현상금이 그 불문율을 위태롭게 할 정도로 큰 것이기 때문이었다.

정문 앞에 선 독고유는 혈우가 문을 여는 사이 고개를 돌렸다.

그의 시선을 받은 점소이가 흠칫 몸을 떨었다.

"음식 잘 먹었소이다."

가벼이 포권을 취한 독고유는 한 치의 망설임 없이 객잔 밖으로 나서며 문을 닫았다.

문이 닫히는 순간까지도 침착하고 무던한 표정 그 자체였다.

타악—!

독고유가 문을 닫은 채 멈춰 서자 혈우는 아직도 상황을 파악할 수 없는 듯 그의 뒤통수를 올려다보았다.

"혈우야."

"응?"

덤덤한 목소리.

하지만 혈우의 대답이 채 끝나기도 전에 독고유는 이미 신형을 날리고 있었다.

"뛰어!"

"왜, 왜?"

독고유가 뒤도 돌아보지 않고 달리기 시작하자, 혈우는 영문도 모른 채 그의 뒤를 따르며 연신 이유를 물었다.

하지만 그 이유는 채 십여 장을 달려 나가기도 전에 자연히 알 수 있었다.

파파팟!

삽시에 객잔의 이곳저곳에서 튀어 오른 무인들이 독고유와 혈우의 뒤를 쫓기 시작했던 것이다.

"잡아라!"

"일천 냥이다! 일천 냥은 우리 철장방의 것이다!"

"형님! 우리 또 도망쳐야 되는 거야?"

"그래! 어느 때보다도 빨리!"

"죽이면 안 돼?"

"절대 안 돼! 젠장! 도대체 광동은 왜 이런 거야? 다들 내 목을 차지하지 못해 안달이 났군!"

어둠이 짙게 깔린 산속으로 달음질쳐 들어가면서 독고유는 연방 분통 터지는 외침을 내지를 수밖에 없었다.

"잡아라아아아!"

"게 섯거라!"

금 일천 냥의 힘이 이토록 클 줄을 그 누가 알았을까.

현상금에 눈이 먼 무인들은 그들의 무위를 넘어선 초인적인 능력을 보여 주고 있었다.

벌써 이틀째 한 식경도 쉬지 않고, 심지어 잠도 자지 않은 채 독고유와 혈우의 뒤를 쫓고 있었던 것이다.

족히 삼백은 되어 보이는 무인들이 검을 뽑아 들고 끝없이 달리는 통에 광동 땅에서 전례가 없는 진풍경을 연출하고 있었다.

물론 독고유로서는 애가 타고 목이 바짝바짝 마를 지경이었지만 말이다.

"젠장할! 지치지도 않는 건가!"

"형님, 도대체 언제까지 뛰어야 돼?"

혈우도 짜증나는 건 마찬가지인 모양이었다.

그럴 만도 했다.

단 일 수에 모두 피떡으로 만들어 놓을 수 있는 이들에게 이틀째 쉼 없이 쫓기고 있으니 오죽하겠는가.

"맹주 이놈! 내가 기필코 네놈의 가면을 벗겨 내리라! 젠장!"

독고유는 연신 이를 갈며 분통을 터뜨렸다.

이제 앞으로 어찌해야 할까.

사파 무인들에게 의탁해야 하는 것일까?

아니, 그 외에 도움을 받을 만한 인물이 있을까?

지난 이틀의 도주는 그야말로 짜증스러움의 연속이었지만 그나마 한 가지 다행인 점이라면 강서성으로 향하는 관도로 제대로 들어섰다는 것이었다.

중간에 지나친 마을, 신풍이 그 증거였다.

치안이 다른 곳보다 훨씬 더 엄격한 강서라면 분명 무인들도 이토록 대규모로 마음껏 움직이지는 못하리라.

"주합 녀석도 찾아야 하는데! 용문에서 그 정보를 얻으려 하였거늘!"

그렇게 어떻게든 도망칠 수 있다 하여도 분통 터지는 일은 한두 가지가 아니었다.

가장 우선적으로 주합을 찾는 일이 요원하게 되어 버렸다.

용문에서 얻어야 할 정보들도 모두 무용지물이 되어 버렸다.

아니, 어쩌면 용문객잔의 눈 밖에 나 강호 전체에 자신에 대한 정보와 소문이 퍼져 나갈 수도 있었다.

이미 강호무림의 그 누구도 자신의 얼굴을 모르지는 않게 되었을 테지만…….

두두두!

"땅이 울릴 지경이라니……."

산길을 오르기 시작하자 땅이 울릴 정도의 발자국 소리가 퍼져 나갔다.

무인들은 여전히 삼십 장의 간격을 두고 독고유의 뒤를 쫓고 있었다.

게다가 그리 험악하지도 않고 나무도 많이 심어져 있지 않은 산인지라 어디를 보아도 몸을 숨길 만한 곳은 보이지 않았다.

두두두!

지축이 흔들리는 가운데 독고유는 정상만을 바라보며 산을 올랐다. 산 너머로 도망쳐 어떻게든 시선을 흩뜨려 놓으리라, 그렇게 생각하고 있었다.

"어……?"

그런 독고유를 돕기 위함일까. 산 너머에서 흙먼지가 피어올랐다.

독고유는 기이함에 고개를 갸웃하면서도 저 흙먼지가 무인들의 시야를 잠시라도 가려 주길 바랐다.

그 뜻이 통한 것일까. 흙먼지는 점점 더 커지고 짙어졌다.

'인위적인 흙먼지!'

독고유는 그제야 그 흙먼지가 그냥 만들어진 것이 아님을 깨달았다.

누군가가 산을 오르고 있음이 분명했다.

그리고 정상에 매우 가까워졌음도 틀림없었다.

휘익!

채 열 걸음을 더 달렸을까, 산 위로 그림자가 드리워진 신형 하나가 불쑥 솟구쳐 올랐다.

한쪽 옷깃이 바람에 휩쓸려 너풀거리는 거한.

"주합!"

"아저씨!"

독고유와 혈우가 동시에 놀란 얼굴로 외쳤다.

어떻게 주합이 여기에?

사방으로 흙먼지를 튀기며 달려오는 주합의 눈이 독고유와 혈우를 훑었다.

"어어어?"

거의 팔을 머리 위까지 흔들며 달려오는 주합의 모습에 독고유는 고개를 갸웃했다.

아무리 반갑기로서니 저렇게 전력으로 달려올 필요가 있을까.

"형님! 빨리 튀쇼!"

"뭐, 뭣?"

주합은 그대로 독고유의 코앞까지 달려오며 다급하게 외쳤다. 독고유가 고개를 갸웃하자 답답한 듯 가슴을 쾅쾅 후려쳤다.

"아, 옘병! 한두 번도 아니고! 설명은 나중에 해 줄 테니 일단 튀자고!"

"어, 어디로……?"

황망해진 독고유가 멍한 표정으로 묻자 주합은 인상을 가득 찌푸리며 독고유의 뒤편을 가리켰다.

"저기로! ……어?"

이내 주합의 얼굴에도 황망한 빛이 번져 나갔다. 산을 가득 포위하고 오르는 정파 무인들을 발견한 것이다.

"아, 씨……."

멍하니 자신을 바라보는 독고유와 혈우를 한 번 돌아본 주합은 손으로 머리를 박박 긁으며 바닥을 툭 찼다.

"도대체 왜 그러는 게냐……?"

더욱 황당한 것은 독고유였다. 숨이 멎을 듯 헐레벌떡 산 너머로 달려와서는 갑자기 적들의 한가운데로 도망치자니?

하지만 주합은 대답 대신 한숨만 푹푹 쉬며 인상을 찌푸렸다.

그리고는 말없이 산 정상을 가리켰다.

휘휘휘휙!

독고유가 산 정상으로 고개를 돌린 순간, 가지각색의 도복과 병장기를 든 사내들이 산 정상을 새까맣게 물들이며 솟구쳐 올랐다.

"목은 놓고 도망쳐라! 이 악적!"

사내들의 인상은 저마다 험악하기 그지없었다. 손에 든 무기들도 어디서 노략한 것인지 일관적이지 못했으며 복장 또한 마찬가지였다.

"사파 무인들! 저들이 어째서 여기에?"

녹림, 수로채, 비적은 물론이거니와 흑협회의 하수인들까지도 있었다.

"네놈은 도대체 뭘 하고 다닌 거냐?"

"아, 형님을 찾을 수가 없으니 여기저기 조지고 다녔지! 젠장!"

"에휴······."

독고유는 한숨을 내쉬었다.

마라도 낀 것일까.

또다시 앞뒤의 퇴로가 차단되어 어디로도 도망칠 수 없는 상황이 되어 버린 것이다.

독고유와 주합 두 사람이 재회의 기쁨도 나눌 새 없이 한숨만 쉬고 있는 그때, 불쑥 혈우가 앞으로 나섰다.

"형님! 제가 한 번 시원하게 까 볼까요?"

"뭐······?"

주합과 독고유는 뜨악한 표정으로 혈우를 내려다보았다.

이내 한숨을 내쉬며 주합의 뒤통수를 후려친 독고유는 목도를 뽑아 들고 혈우를 자신의 앞으로 끌어 왔다.

"네놈은 도망치고 나면 나랑 면담 좀 하고……. 일단은 퇴로를 뚫어 탈출을 최우선으로 하자."

"아, 옘병! 진짜……."

"너 못 본 사이에 욕이 좀 늘었다?"

"아, 그럼 이 상황에서 욕이 안 나오게 생겼소?"

"이따 면담 좀 제대로 한 번 하자."

주합에게 이를 으득 갈며 쏘아붙인 독고유는 침을 꿀꺽 삼키며 주위를 둘러보았다.

어느새 정파 무인들과 사파 무인들은 독고유와 주합을 가운데에 남겨 둔 채 십 장 거리를 두고 대치하고 있었다.

"……."

"……."

주위가 삽시에 조용해졌다.

정파 무인들과 사파 무인들은 독고유와 주합, 혈우를 둘러보다 서로 눈이 마주치고는 침을 꿀꺽꿀꺽 삼키며 병장기를 고쳐 쥐었다.

숨 막히는 대치.

그때 벼락같이 독고유의 목도를 빼앗은 주합이 혈우를 화악 끌어당기며 무인들을 노려보았다.

"더 다가오면 이 아이를 죽이겠다!"

"으, 응?"

"닥쳐!"

혈우와 독고유가 뜨악한 표정으로 바라보자 황급히 입을 막은 주합이 혈우의 목에 목도를 가져다 댄 채 앞뒤를 번갈아 노려보았다.

"흥! 사파 놈들을 이끌고 오더니 이제는 인질까지 잡는군! 치졸한!"

"뭐야! 단체로 몰려와 핏대만 세울 줄 아는 정파 놈들이 이 무슨 막말이냐!"

정파 무인들 중 누군가가 버럭 외치자, 사파 무인들이 이를 으득갈며 맞받아쳤다.

"그렇군! 저놈도 정파의 앞잡이였군! 이제는 정파에서도 사파의 방식을 배웠나?"

"뭣이? 너희 사파 놈들과 동류로 취급하지 마라!"

챠릉! 챠릉!

사파 무인들이 이죽대자 검을 거두고 있던 정파 무인들조차 검을 뽑아 들며 버럭 외쳤다.

"이, 이봐. 움직이지 말라고. 이 아이를 죽인다니까? 이봐, 듣고 있나?"

정사 무인들이 서로를 죽일 듯 노려보자 주합은 당황한 듯 혈우의 몸을 앞뒤로 마구 흔들었다.

"네놈은 빠져!"

"……."

정사의 무인들이 동시에 외치자 주합은 갑작스런 소외감에 상처받은 듯 초연한 표정을 지었다.

"이, 일단 몸을 빼자."

그런 주합과 혈우의 뒷목을 움켜쥔 독고유는 좌우를 힐끔대며 슬금슬금 뒤로 물러섰다.

"한 번 해보자는 게냐?"

"간이 부어도 제대로 부었고만? 엉?"

정작 애초의 목적인 독고유와 주합이 도망치고 있건만, 이미 시비가 붙어 이성을 잃은 정사의 무인들은 서로를 죽일 듯 노려볼 뿐 아무도 신경 쓰지 않았다.

뭔가 잘못되었음을 깨달은 것은 정사 무인들을 남겨 두고 도망친 지 무려 한 시진이나 지난 후였다.

"아차!"

"왜, 왜 그러쇼?"

"돌아가자!"

"미쳤수?"

끼아악—!

허공을 가르는 한 마리 백응(白鷹)이 위풍당당한 울음을 토해 내었다.

산 하나 없이 끝없이 펼쳐진 평야.

요녕 땅의 주인이 바로 자신이라 울부짖는 듯했다.

그리고,

타악—!

또 한 명의 절대자가 평야의 한가운데에 발을 내디뎠다.

용호가 새겨진 푸른 도복과, 매를 연상시키는 눈썹.

고요하기 그지없으나 그 안에 폭풍과도 같은 격정을 머금은 눈동자.

사내의 눈동자는 끝없이 펼쳐진 평야를 정면으로 마주 보고 있었다.

당당하다.

마치 세상에 혼자만 남은 듯, 뒷짐을 지고 선 자태에는 한 줌의 흔들림도 없다.

그는 기다리고 있었다.

곧 이 자리에 나타난 또 한 명의 절대자를!

휘오오오—

거대한 일진광풍이 휘몰아 온 평원이 몸을 떨었다.

그리고 그 위에 선 절대자의 입가에 슬며시 미소가 번져 나갔다.

그의 건너편에 어느새 그가 기다리던 이가 당도해 있었기 때문이다.

"맹주께서 무슨 일로 이런 범부를 찾으셨는지요? 그것도 이 외진 요녕 땅에서."

도착한 또 다른 절대자는 얼굴 가득 친근한 미소를 짓고 있었다.

하지만 그는 알고 있다.

저 미소 뒤에 숨겨진 적대심을.

"무당제일검, 경 대협과 마주하기 위해서라면 어디든 가지 못할 곳이 없지요."

무당제일검 경진천.

그것이 그와 마주한 사내의 이름이었다.

그렇다면 그의 이름은 무엇인가?

"천하를 호령하는 무림맹의 맹주, 하 대협께서 고작 무당의 제일검에게 이리 큰 대우를 해 주시니 몸 둘 바를 모르겠습니다."

무림맹 맹주 하운천.

그것이 그의 이름이다.

하운천은 경진천의 말에 만족스러운 웃음을 지어 보였다.

"무림의 기둥 무당의 제일검에게 몸을 숙이지 않으면 누구에게 숙이겠소이까?"

"하하, 바람 따라 구름 따라 천하를 누비는 일개 촌부에 불과할진대, 천하의 패권을 호령하는 맹주께서 그리하시면 아니 되지요."

참으로 가증스럽기 그지없는 선문답.

절대자라면 굳이 필요하지 않은 것이 가식이건만, 지금 서로를 마주하는 두 사람에게선 가식이 덕지덕지 묻어 나오고 있었다.

"천하의 패권이라? 경 대협께서는 관심 없으신 듯 말씀하시오?"

"하하, 천하라는 것이 어찌 쥐고 싶어 쥐고 놓고 싶어 놓을 수 있는 것이겠습니까. 그저 발길 닿는 대로 거닐고 눈이 닿는 대로 향하다 보면 언젠가는 곁에 와 있겠지요."

"호기를 놓치면 다시는 쥘 수 없는 것 또한 천하가 아니겠소?"

하운천의 말에 경진천의 웃음이 더욱 짙어졌다.

"그 호기가 지금이라 말씀하시는 겝니까?"

"나와 지금 이 자리에 마주한 이가 경 대협이 맞다면, 바로 지금이 그 호기가 아닐까 싶소."

"하하, 끝내 이 촌부와 검을 섞어야겠습니까?"

경진천은 즐거운 듯 웃었다.

하지만 그 웃음 속에 한 방울의 호감도 섞여 있지 않음을 하운천은 너무나 잘 알고 있다.

"한 수 청하면 섞어 줄 것이오?"

"굳이 섞어야겠다면 한 바퀴 검무라도 춰 보이지요."

"그것도 괜찮소."

경진천의 말을 끊으며 하운천이 먼저 포권을 취했다.

경진천은 말을 멈추고 그를 바라보았다.

땅을 딛고 선 굳건한 두 다리.

금방이라도 땅을 뒤집고 하늘을 무너뜨릴 듯한 두 팔.

그 무엇보다 큰 야심이 담긴 두 눈동자.

이 사내와 추는 검무가 단지 검무일 뿐일까.

"그럼 먼저 한 수 춰 올립지요."

마음에 품은 생각을 드러내지 않고, 경진천이 먼저 검을 뽑아 들었다.

이내 그의 검이 아름다운 호선을 그리고, 그의 몸이 검과 하나가 된 양 부드럽게 흐르기 시작했다.

산이 되고, 바다가 되고, 질풍이 되고, 노도가 된다.

단 한 줌의 내공도 실려 있지 않았으나, 그의 검이 향하면 평야의 풀들이 숨을 죽였고, 그의 검이 향하면 바람마저도 그 흐름을 멈추었다.

자연과 합일을 이룬 경진천의 검무.

그것을 바라보는 하운천의 입가에는 지울 수 없는 미소가 가득 들어차 있었다.

스르릉!

이내 하운천의 애검이 그의 손에 뽑혀져 올랐다.

그의 검도 경진천과 같이 부드럽게 호선을 그리며 움직이기 시작했다.

몸은 단지 검이 따르는 길을 따라 흐를 뿐.

하운천의 의식이 검과 하나가 되어 평야 위를 누볐다.

폭풍우처럼 휘돌다 벼락처럼 떨어져 내리고 업화처럼 타오르다 다시 폭포수처럼 식어 간다.

그의 검무에는 경진천과 다른 패도가 깃들어 있었다.

불과 한 식경 전까지만 해도 백웅의 울음에 숨을 죽이던 평야가 이제는 두 절대자의 검무 앞에 이리저리 유린당하고 있었다.

뭇 무림인이 보았다면 깊은 감명을 받아 큰 깨달음을 얻었을지도 모를, 또 뭇 문인이 보았다면 그 아름다움에 넋을 잃었을지도 모를 두 사람의 춤사위가 조금씩 조금씩 격해졌다.

경진천의 검이, 하운천의 검이 조금씩 조금씩 서로에게 가까워져 간다.

후웅!

경진천의 검이 하운천의 목덜미를 스친다.

후우웅!

이번에는 하운천의 검이 경진천의 머리를 스치듯 지나친다.

그렇게 닿을 듯 말 듯, 서로의 몸을 찌를 듯 말 듯 위태위태한 검무가 계속 이어졌다.

둘 중 한 사람이라도 사심을 품는다면 상대의 목을 앗아 갈 수 있는, 그렇기에 더욱 팽팽한 긴장감이 흐르는 검무.

하지만 여전히 하운천의 검은 봄바람처럼 경진천의 몸 주위를 맴돌았고, 경진천은 폭풍우처럼 하운천의 주위를 선회하고 있었다.

채애앵―

그렇게 휘돌던 검이 한데 맞부딪친 순간,

촤르륵―

불똥을 튀기며 물러선 두 개의 검이, 서로의 검첨을 마주한 채 멈추어 섰다.

하지만 두 사내는 여전히 검무에 한창인 듯 미동도 하지 않았다.

아니, 오히려 더욱더 안색이 하얗게 질려 가고 있었다.

우우우웅―

머리를 마주 댄 두 자루의 검이 누가 먼저랄 것도 없이 격한 울음을 토해 내기 시작했다.

마치 하나로 이어진 듯 파르르 떨리는 검.

공력!

두 절대고수의 공력이 검을 통해 서로를 향해 밀려들고 있었던 것이다.

쿠구구구―

검에서 전해진 떨림은 이윽고 대기를 격탕시켜 격한 충격파를 만들어 내었다.

쿠우우웅!

범인은 서 있지도 못할 가공할 광풍이 평야를 가득 메우고, 이내 두 절대고수를 버티고 있던 땅이 움푹 꺼져 들어갔다.

그럼에도 두 절대고수의 움직임에는 변화가 없었다. 서 있던 자세 그대로 두둥실 허공으로 떠올라 천천히 순회하기 시작했다.

쿠콰콰콰!

질풍노도, 모든 것을 집어삼킬 듯한 폭풍우가 두 사내의 몸을 감싸고, 이윽고 평야 전체로 퍼져 나갔다.

하늘마저 두려운 듯 먹구름이 몰려오고, 땅은 두 사람의 내공을 견디지 못해 마치 파도치듯 이리저리 일렁였다.

쩌저저정!

두 사내의 검에서 뇌성벽력과 같은 폭음이 터져 나온 순간!

"흐아아아!"

"하아아압!"

두 사내의 입에서 대갈일성이 터져 나옴과 동시에 맞부딪쳐 있던 검첨이 일시에 떨어지며 삽시에 수백 수천의 검강을 토해 내었다.

쿠콰콰쾅!

하나의 검강이 서로 맞부딪칠 때마다 경천동지할 폭발이 일어났다.

그야말로 절대자!

일검이 맞부딪칠 때마다 하늘에서는 벼락이 내려쳤고, 단 일 합도 물러섬 없이 검을 교환하는 두 사내의 주위는 짙은 운무가 펼쳐 나와 사방을 감싸 안았다.

쩌어엉!

자욱하게 퍼져 나간 운무가 두 사내의 전신을 감싸 안은 그 무렵, 이윽고 천지가 개벽하는 듯한 굉음과 함께 새하얀 섬광이 사방으로 터져 나왔다.

챙그랑! 챙그랑!

검이 부서지는 소리가 요란하게 울려 퍼지고, 운무에서 튕겨 나오듯 밀려난 두 사내가 일시에 땅에 착지했다.

죽음과도 같은 정적.

"쿨럭……!"

정적을 깬 것은 경진천이었다.

한 모금의 피를 토해 낸 그는 비틀비틀 일어서 포권을 취했다.

"좋은…… 대결이었소."

하운천의 안색도 과히 좋다고는 할 수 없었다.

그가 포권을 취하며 고개를 숙이자 다시 한바탕 바람이 불어 닥쳤고, 경진천의 신형이 오간 데 없이 사라졌다.

남은 것은 그가 토해 낸 한 모금의 선혈뿐.

"경……진천……. 크흑!"

그가 사라진 허공을 올려다보던 하운천의 입에서도 끝내 한 모금의 울혈이 토해져 나오고 말았다.

그렇게, 두 절대자의 첫 싸움은 천하의 그 누구도 알지 못하는 사이에 무승부로 끝이 나고 말았다.

제4장

원한은 조용히 때를 기다리며

변변찮은 무림문파 하나 없는 광동.

하지만 그곳에 도적 떼가 들끓고 괴이독랄한 무림문파들이 자리 잡지 못하는 까닭은, 그곳이 모든 무림인들이 눈독 들이고 있는 곳이기 때문이었다.

그들이 그 어떤 무림과 관련된 이들을 그곳에 정착하게 하지 않는 이유는 결코 민초들의 고통이나 무림의 평화를 위해서가 아니다.

의선연가(醫仙淵家).

무림 유일이자 무림 최고의 의가인 그곳이 광동 땅에 자리 잡고 있기 때문이다.

천하에 내로라하는 신의는 그들 가문을 거치지 않은 이가 없고, 또한 천하의 만병은 그들의 손에 절개되고 그 치부를 낱낱이 드러내 왔다.

그런 연가의 현 가주는 천의(天醫) 연문진(淵問眞).

그 첨예한 의술만큼이나 인격도 고고하여, 과거 그의 손에 되살아난 병자들의 수만 하여도 수천에 달한다 했다.

또한 의(醫)에 대한 철학도 남달라 결코 어느 한 무림문파, 성도에 정착한 일이 없고 평생을 병자들을 위해 살아왔다.

그런 그의 나이가 올해로 환갑.

그가 갑자기 칩거(蟄居)한 것은 불과 일 년 전의 일이다.

광동을 지탱하는 두 개의 기둥, 그중 하나인 광동진가가 돌연 몰살당하여 그 대가 끊겼기에 그런 행동을 취한 것이리라 무림인들은 막연히 추측하고 있었다.

하지만 그럼에도 여전히 무림문파와 구주의 민초들은 연가를 바라보고 있었다.

그의 외동딸, 장차 천의를 넘어서리라 불리는 관음선녀(觀音仙女) 연청하(淵靑夏)가 있기 때문이다.

의선연가의 전례대로 그녀가 묘령(妙齡)의 나이가 되면 민초들을 위한 의행을 시작할 것이기 때문이다.

하지만 그녀는 묘령의 나이가 지났음에도 여전히 연가의 밖으로 일절 출입을 하지 않고 있었다.

그녀가 세상으로 나서기 전, 마지막으로 치료해야 하는 병자가 남아 있었기 때문이다.

"아—."

"제, 제가 먹을 수 있어요."

단출하다 못해 초라해 보이기까지 하는 작은 방 안.

청아한 어인의 목소리와 쑥스러운 기색이 가득 담긴 소년의 목소리가 연이어 울려 퍼졌다.

방 안의 풍경 또한 그 목소리만큼이나 달콤했다.
 새하얀 침상 위에 앉아 있는 소년과, 그런 소년의 입에 미음을 떠먹이려는 여인.
 둘의 나이 차이는 어찌 보면 상당히 나 보이기도, 어찌 보면 또래 같기도 했다.
 그것이 여인의 여리기 그지없는 얼굴 때문인지, 소년의 하얗게 센 머리칼 때문인지는 알 도리가 없다.
 하지만 그런 가운데에도 한 가지는 확실했다.
 소년의 앞에 앉아 있는 여인이 바로 관음선녀 연청하이며, 그 소년이 그녀가 의행을 떠나기 전 보살펴야 할 마지막 병자라는 것.
 "제, 제가······."
 머리가 하얗게 센 소년은 연청하에게 수저를 건네받으면서도 얼굴을 붉혔다.
 그녀의 손이 자신의 손을 스쳤기 때문이다.
 "어때, 차도는 있니?"
 "네? 네에, 아주 좋아졌어요."
 연청하가 조심스럽게 묻자 소년은 고개를 끄덕이며 가슴 언저리를 쓰다듬었다. 꿰맨 자국이 흉터로 남아 있는 왼쪽 가슴.
 분명 심장이 있는 자리였다.
 "내장역위(內臟逆位)를 실제로 본 것은 처음이라 나도 조마조마해. 조금이라도 이상이 있다면 바로 이야기해 주어야 해?"
 "네에······."

천하에 고치지 못할 병이 없다는 관음선녀의 입에서 조마조마하다는 말이 흘러나왔다.

그 누가 듣더라도 충분히 놀랄 일이었지만, 이 백발 소년의 상태를 안다면 그녀의 마음을 이해할 터였다.

내장역위.

온몸의 오장육부가 모조리 거꾸로 뒤바뀌어 자리한 체질로, 실제로 나타난 것은 연가의 역사상 단 두 번에 지나지 않았다.

이들의 치료가 까다로운 것은 오장육부뿐만 아니라 전신의 기경팔맥까지도 뒤집혀 있기 때문이다.

자칫 한 번의 실수라도 한다면 치명적이 될 수도 있다.

그렇기에 연청하가 이토록 이 소년에게 신경을 쓰는 것이었고, 소년은 그 덕분인지 점점 안정을 되찾아 가고 있었다.

'도대체 무얼 하던 아이일까.'

빨개진 고개를 숙이고 연신 미음을 떠먹는 아이를 바라보는 연청하의 얼굴에 작은 그늘이 졌다.

불과 보름 전 작은 판자에 실린 채 떠 내려온 아이.

체온과 출혈, 상처 모두 이미 죽었어도 이상하지 않을 상태였지만 소년은 분명히 살아 있었다.

도대체 어떤 심한 일을 겪었던지, 사경을 헤매는 와중에도 다리로는 끝없이 물장구를 치고 있었고, 머리는 새하얗게 세어 백발이 되어 있었다.

그 무엇보다 연청하가 놀란 것은 아이의 왼쪽 가슴에 박힌 한 대의 화살.

놀랍도록 정교한 솜씨로 소년의 심장이 있는 자리를 꿰뚫고 있었다.

보통 사람이라면 그 자리에서 절명하더라도 이상할 것이 없는 상처였다.

놀라움은 소년의 맥을 짚어 본 순간 더 커졌다.

소년의 심장이 여전히 뛰고 있었을 뿐만 아니라 그 위치가 보통의 사람과는 정반대편에 있었기 때문이다.

그녀는 곧장 응급 처치를 한 후 자신의 거처로 소년을 데려왔고, 그때부터 보름간 쉬지 않고 소년을 간호했다.

처음 본 내장역위지체에 대한 흥미도 한몫했다.

그녀가 공부해 온 대로 모든 것이 정반대로 되어 있음에도 어느 것 하나 빠짐없이 온전히 활동하고 있었고, 게다가 보통의 신체보다 회복 속도 면에서 비교할 수 없이 빨랐다.

아니, 이것은 어쩌면 신체 때문이 아닌 소년 자체가 가진 능력일지도 모른다.

칠 주야 만에 눈을 뜬 소년은 놀랍도록 사람을 경계했다.

잠시 황망히 알 수 없는 말들을 중얼거리다 그녀를 보았고, 황급히 물러서며 적의를 불태웠다.

분명 말 못할 사정이 있으리라.

하지만 그녀는 그것을 캐묻는 대신 소년의 간병에 온 정성을 쏟기 시작했고, 처음에는 심한 거부 반응을 보이던 소년도 차츰차츰 그녀에게 마음을 열어 지금은 그녀의 말이라면 무엇이든 듣고 있었다.

"이제 몸은 별로 아프지 않니?"

소년이 다 먹은 그릇을 연청하에게 내밀자 그녀가 싱긋 미소 지으며 물었다.

몸을 이리저리 움직여 본 소년은 고개를 끄덕였다.

놀라운 회복력이다.

보통 사람이라면, 심지어 무림인이라 해도 한 달은 족히 간병을 해야 회복될 상처였는데, 이 아이는 불과 보름 만에 완치에 가까운 회복을 해내었다.

"다 나으면 어쩔 생각이야?"

"다 나으면……? 아……."

연청하의 물음에 고개를 갸우뚱하던 소년은 이내 그녀가 묻는 말이 무엇인지 깨닫고는 탄식을 내뱉었다.

몸이 모두 완쾌되면 이곳을 떠나야 한다.

그 사실을 깨달은 것이다.

"살 거예요."

"살아……?"

소년의 말에 이번에는 연청하가 고개를 갸우뚱 저었다.

"다, 다른 사람 몫까지 살아야 해요."

"다른 사람……?"

이야기를 하는 소년의 눈에 뿌연 습막이 어렸다 사라졌다. 목소리도 가늘게 떨리고 있다.

연청하는 한일 자로 입을 꾸욱 다물었다.

소년의 목소리에서 깊은 슬픔을 느꼈기 때문이다.

"미야. 이제는…… 이야기해 주면 안 되겠니?"

미.

그것이 소년의 이름이었다.

미는 연청하의 물음에 고개를 숙일 뿐 아무 말도 하지 못했다.

그녀는 그저 미의 머리를 쓰다듬어 주었다.

가늘게 떨리던 미의 어깨가 다시 잦아들고, 그가 불쑥 입을 열었다.

"저, 떠나야 해요?"

"으응……."

연청하는 씁쓸하게 고개를 끄덕였다.

처음부터 떠 내려온 아이, 갈 곳이 있을 리 없었다.

"우리 가문이 의가라고는 해도, 본래 타인을 들이는 것은 금지되어 있어. 너는 특별히 내가 아버님께 간청하여 들어온 것뿐이야. 그리고…… 나는 얼마 후면 먼 길을 떠나야 한단다."

"먼 길……?"

미가 되물었다.

그 순간, 연청하의 눈빛에 순간 기광이 스쳤다.

그녀는 침착한 어조로 말을 이었다.

"구주를 돌며 병든 백성들을 돌보아야 해. 앞으로 평생."

"평생……."

미가 중얼거리며 고개를 떨구었다.

그럼 다시 그녀를 만날 수 없다. 그것이 미의 가슴에 또 다른 아픔으로 다가오고 있었다.

"그런데 여인의 몸으로 홀로 다니기에는 벅찬 길인 것 같아. 누군가 호위해 줄 사람이 필요한데……."

"……?"

하지만 그녀의 말은 끝난 것이 아니었다. 연청하가 말을 줄이자 미가 다시 슬며시 고개를 들며 그녀를 올려다봤다.

그녀는 눈부시도록 해맑은 미소를 지으며 물었다.

"네가 내 호위를 해 줄래?"

"제가요?"

미는 얼떨떨한 표정으로 자신을 가리켰다.

그러다 연청하가 빙긋 웃자 그제야 얼굴 가득 미소를 머금었다.

"정말요? 그래도 괜찮아요?"

"응. 아버님께 말씀드리면 분명히 들어 주실 거야."

미가 무공을 익혔다는 것은 연청하도 이미 알고 있었다. 미의 몸을 보름간이나 치료한 것이 그녀이니 당연했다.

그리고 그것이 그 나이 또래에 있을 수 없는 상당한 경지라는 것도.

그의 몸이 완치되었다는 것만 안다면 가주에게 간청하는 것은 문제도 아니었다.

'형들, 나 이렇게 계속 살아도 돼? 이제는 이분을 위해서…… 그렇게 계속 살아도 되는 거야?'

그 누구보다 아름다운 미소를 짓는 연청하를 바라보며, 미는 먼저 간 형제에게 끝없이 묻고 또 물었다.

치이익—!

코를 아릿하게 만드는 약 냄새가 풍기는 가운데, 살 타는 소리가 나지막하게 울려 퍼졌다.

약기(藥氣)로 가득 찬 방 안에 앉은 것은 백발의 노인.

그의 어깨와 등, 손과 발에는 온갖 종류의 침이 박혀져 있었고, 방 안에 가득 찬 연기가 노인이 숨을 쉴 때마다 어지러이 휘몰아쳤다.

"삼 개월…… 아니 오 개월 정도인가."

그렇게 한참을 앉아 있던 노인이 문득 입을 열었다.

비정하리 만큼 단호한 선고.

그것은 앞으로 남은 자신의 수명에 대한 예측이었다.

"에구에구……. 천의라 불리면 무엇 하나. 정작 자기 몸속의 병마는 제대로 몰려 내지도 못하는 것을……."

느릿느릿 몸을 움직이며 죽을상을 짓는 노인.

그가 바로 천의 연문진이었다.

그의 몸속에 똬리를 튼 병마는 한 마리의 뱀과 같았다.

처음에는 조그마하던 녀석이 허물을 벗고 또 벗어 이제는 그의 몸 절반을 점하고 시도 때도 없이 분탕질을 쳐 대고 있었다.

원한은 조용히 때를 기다리며

천의로서도 다스릴 수 없는, 의선연가에서 전해져 오는 신서 상한병마록(傷寒病魔錄)으로도 어찌할 수 없는 중병이다.

사실 연문진이 처음 뱀의 존재를 느꼈을 때부터 이미 치료하기에는 돌이킬 수 없다 할 수 있었다.

연가의 진찰 방법이란 주로 오감을 동원하는 것이다.

환자의 상태를 오감을 동원하여 알아보고 그에 알맞은 처방을 내리며, 또한 환자의 칠정(七情)을 다스려 병마의 기를 죽이고 침술과 약으로 병을 몰아낸다.

이것은 결코 자신이 스스로에게 해낼 수 없는 것이었다.

연가의 다른 식솔들에게 부탁할 수도 없는 노릇이다.

의술은 고통 받는 백성들을 위해 존재할 뿐, 가문의 장생을 위한 것이 아니니까.

"다 죽어 가는 늙은이를 찾아오는 이들이 어찌 이리 많은고. 에구에구……."

몸에 박힌 침들을 하나하나 뽑아내던 연문진은 또다시 죽는소리를 하며 방 밖으로 느릿느릿 걸음을 옮겼다.

무공을 익히지 않은 그이지만 그 누구보다 발달한 오감으로 이미 느끼고 있었다.

그를 찾아온 손님이 있다.

그들이 누구인지는 알 수 없었으나 단 한 가지만은 확신할 수 있었다.

불청객이라는 것.

그의 힘으로 물리기 힘든 불청객이라는 것.

그렇지 않다면 무림정세가 이토록 혼란스러운 시점에, 그의 기력이 쇠잔한 이 시점에 찾아올 리가 없으니까.

"무슨 일인가?"

밖으로 나서자 두 명의 의녀가 공손히 그를 맞이했다.

"맹에서 손님이 오셨습니다."

의녀의 말에 연문진은 빙긋 미소 지었다.

그의 생각이 맞았다.

그 누구보다 만나고 싶지 않은 이들이 손님으로 왔다.

하지만 어쩌겠는가, 그도 이미 언젠가 한 번쯤은 이런 일이 일어나리라 생각하고 있지 않았던가.

"무슨 무리한 부탁을 할지……. 흘흘."

옷을 갖춰 입은 연문진은 휘적휘적 걸음을 옮겼다.

이내 안채로 통하는 작은 뜰이 모습을 드러내었다.

"이곳은 일개 의가일 뿐 무림문파가 아니오."

뜰 옆의 작은 못을 지나치던 연문진이 문득 걸음을 멈추고 입을 열었다.

그러자 그제야 뜰 한구석에 심어진 나무 뒤편에서 두 명의 사내가 걸어 나왔다.

무림맹에서 온 것임을 밝히듯 용과 호랑이가 새겨진 도복을 입은 사내들.

상당히 닮은 생김새에 기도 또한 범상치 않았지만 그들을 올려다보는 연문진의 입에서 혀 차는 소리가 새어 나왔다.

"쯧쯧……. 천기를 거슬렀으니 앞으로 채 반년도 살지 못하겠구먼."

"……!"

그에게로 다가오던 두 사내, 막여후와 막도호의 눈가가 순간 파르르 떨렸다.

맹주를 제외한 그 누구도 알지 못하는 일.

명불허전이라는 말은 눈앞의 노인을 두고 하는 말인 듯했다.

"큰 자질을 지닌 이들이 안타깝구먼."

연문진은 두 사내가 코앞까지 다가왔음에도 그들의 얼굴을 빤히 올려다보며 혀를 찼다.

머리도 하얗게 슬어 버린 왜소한 노인. 게다가 얼굴에는 중병의 기색이 역력하다.

하지만 막여후와 막도호의 표정에서는 결코 그를 깔보는 기색을 찾아볼 수 없었다.

오히려 탄복했다는 듯 포권을 취하며 고개를 숙였다.

"천의, 본 맹의 무례를 용서하시오."

막여후가 웅혼한 목소리로 사죄하자 연문진은 흘흘 하는 실없는 웃음을 흘렸다.

"다 늙은 노인네에게 서서 이야기를 하게 할 참인가? 안으로 들지."

연문진이 안채로 들자 막여후와 막도호도 헛기침을 하며 그의 뒤를 따랐다.

막여후와 막도호가 의도한 바와는 전혀 다른 전개다.

무와는 관계없는 일개 의가.

무로써 기선을 제압하고 이미 약해질 대로 약해진 노인의 마음을 쥐어 흔들면 쉽사리 원하는 것을 얻어 낼 수 있으리라 생각했다.

하지만 눈앞의 이 노인은 어떠한가.

무인이 아니면서도 무인보다 더욱 날카로운 안목을 지녔고, 무인보다 단호한 언변과 행동거지로 시종일관 그들을 압도하지 않았던가.

명백한 자신들의 실수였다.

의선연가, 그 오백 년의 역사는 괜히 만들어진 것이 아니며 천의라는 명호는 쉽게 그의 이름 앞에 자리한 것이 아니었다.

어쩌면 자신들보다도 더 생과 사에 초연할지 모르는 이 노인을 구워삶기 위해서는 더욱더 깊은 심계가 필요했다.

"그래, 맹에서는 무슨 일로 이 누추한 의가를 찾으신 겐가?"

비적비적 걸음을 옮겨 아무 의자에나 걸터앉은 연문진이 단도직입적으로 물었다.

막여후와 막도호의 눈이 잠시 허공에서 맞부딪쳤다.

"맹주의 전언이 있소."

"맹주? 흘흘, 무림의 새로운 기둥께서 죽을 날만 기다리는 노인에게 무슨 용무가 있으시기에……."

무림맹의 맹주.

그가 누구인지는 연문진도 알고 있었다.

무명의 무인이 강호에 출도하여 처음으로 이름을 알린 것이 무림맹의 맹주였으니 모를래야 모를 수가 없었다.

나이답지 않은 공명정대한 협객이며 대의와 의협에 목숨을 바치는, 군소방파와 명문정파의 무인들이 진심으로 존경해 마지않는다는 인물.

하지만 연문진의 생각은 조금 달랐다.

의와 협을 숭상하는 이라면 어째서 무림맹이라는 거대 단체의 수장이 된 것일까.

의(醫)가 그렇듯 의(義)라는 것도 결국은 자신을 높이기보다는 다른 이들을 위해 목숨을 바쳐야 하는 것이 아닐까.

"맹주께서는 귀하의 따님과 혼약을 맺고 싶다 하시었소."

막도호가 쩌렁쩌렁 울리는 목소리로 맹주의 말을 전했다.

순간 연문진의 미간이 파르르 떨렸다.

"맹주께서? 하나 무림의 협객들 모두가 알다시피 의선연가는 무림문파와는 연을 맺지 않는다네. 게다가 딸아이의 나이가 가득 차, 곧 의행을 시작해야 하니 맹에 들어갈 수도 없는 노릇이고……."

다시 평정을 되찾은 연문진이 조목조목 이야기하자 막여후와 막도호는 또다시 눈을 마주쳤다.

"맹주께서는 연 소저의 의행을 막고자 하는 의도가 전혀 없다 하시었소. 그녀의 행동에 제약을 두지 않고 해야 할 일을 하되, 다만 백년가약을 맺어 평생의 인연을 함께하고 싶다 하실 뿐이었소."

"허허, 듣던 중 반가운 소리일세. 하나 맹주께서는 내 딸아이를 한 번도 본 적이 없으니 그녀가 마음에 들어 혼인하고자 하는 것임을 내가 어찌 알 수 있겠소?"

연문진의 말에는 한 치의 빈틈도 찾을 수가 없었다.

철두철미한 노인이다.

사실상 맹주가 무리한 부탁을 하고 있던 것도 사실이니, 막여후와 막도호는 필사적으로 빈틈을 끄집어내기 위해 머리를 굴릴 수밖에 없었다.

"관음선녀의 명성을 어찌 듣지 못하였겠소. 민초들의 고통을 헤아리는 하해와 같은 마음씨와 그에 걸맞는 미색을 갖추고 있다 소문이 자자하외다. 게다가 맹주께서는 무림의 명문이라 하는 어떤 문파에도 소속되어 있지 않은 분이시니 혼인을 맺더라도 그 어떤 곳과도 직접적인 연을 쌓는 것이 아니지 않소."

"흠흠, 하면 민초들은 어찌하겠는가? 우리 연가는 예부터 민초들과 긴밀한 관계를 맺어 왔다네. 그들이 있기에 우리가 존재할 수 있는 것이며, 그들이 있기에 우리가 의원으로서의 삶을 살아갈 수 있는 것일세. 한데 우리가 제 발로 그들의 곁을 떠난다면 어찌하겠는가. 그들과 쌓아 왔던 신뢰와 믿음, 그것들이 모두 사라진다면 더 이상 우리 가문은 의가로 불릴 수 없지 않겠는가?"

연문진의 말에는 강한 거절의 뜻이 담겨 있었다. 그들 가문을 이루는 근본적인 목적, 대의가 담겨 있었기에 막여후와 막도호는 침을 꿀꺽 삼킬 수밖에 없었다.

이것을 받아넘기지 못한다면 이번 혼담은 시도하지 않는 것만 못한 상황을 초래할 수도 있으니까.

"오해가 있는 듯하외다. 맹주께서는 혼약을 맺고 싶어 하실 뿐, 관음선녀와 민초들의 사이를 갈라놓을 생각은 전혀 없소. 그저 백년가약을 맺음에 의미가 있다 생각하시는 모양이었소."

"그 말은 무엇인가. 내 딸아이의 의행도 막지 않을뿐더러, 앞으로 가문의 행동에 어떠한 제약도 하지 않겠다는 이야기인가?"

연문진이 한쪽 눈썹을 치켜 올리며 물었다.

그것만큼은 그로서도 의외라는 태도다.

순간 막여후의 눈빛이 번뜩였다.

"그렇소. 맹주께서는 그저 연가의 여식과 혼례를 올리고자 하는 의도일 뿐 그 어떠한 정치적 목적도 가미되어 있지 않다는 말씀을 꼭 전해 달라 하시었소."

"흠. 그렇다면 내가 거절하면 어쩔 텐가?"

고개를 끄덕이던 연문진이 불현듯 물었다.

방금 전까지 흐릿하던 그의 눈빛이 순간 매의 그것처럼 날카로워졌다.

"그것은……."

막여후와 막도호는 침음성을 흘리며 연문진을 올려다보았다.

그가 한마디 한마디를 뗄 때마다 심장이 꽉 옥죄여 오기도 했고, 속이 격탕되기도 했다.

상대는 천하의 천의. 비단 의로 사람을 구할 뿐만 아니라 그것으로 사람을 죽게 할 수도 있는 이다.

어쩌면 강호의 그 누구보다도 더욱 비정하게 말로써 죽음을 선고할 수 있는 자일지 모른다.

"허허허! 얼굴들 풀게! 얼마 남지 않은 천수, 웃는 얼굴로 지내야 하지 않겠나!"

"······."

연문진은 그 여느 때보다도 크게 웃음 지었다. 얼굴의 주름이 드러나며 대단히 선하고 부드러운 인상을 주었지만, 뿜어내는 기세만큼은 무공을 익히지 않은 자라는 사실이 믿기지 않을 정도로 날카로웠다.

"내 마음대로 결정하자면 당연히 거절하겠지만, 이번만큼은 시안이 다르구만. 맹이 아닌가? 분명 나의 뜻만으로 거절한다면 앞으로 내 딸아이의 행보가 대단히 힘들어지겠지."

막여후와 막도호는 가슴이 뜨끔한 느낌을 받았다.

이미 자신들의 속을 꿰뚫어 보고 있다.

어느 면을 보아도 정략적인 혼인.

가주에게 거절당한다면 맹주의 분노를 살 수 있으나, 그 딸에게까지 거절당한다면 치욕스러운 일이 된다.

그것을 의도함이 아닌가.

'그렇지만······ 이건······?'

모든 일이 불리하다고 느껴지는 가운데, 막여후는 뭔가 큰 이질감이 있음을 눈치 챘다.

의선연가. 천의 연문진이 가주로 있는 한, 구주의 민초들을 등에 업은 것이나 마찬가지이니 그 무엇도 두려울 것이 없다.

심지어 관의 관료들조차도 그들에게는 깍듯이 대하니, 무인들을 신경 쓸 리가 없었다.

한데 어째서 이렇게까지 하는 것일까.

맹주의 분노가 두려워서?

아니, 그럴 리가 없다.

사람의 마음을 이토록 쉽게 쥐락펴락하는 이가 그런 사소한 것에 집착할 리가 없다.

그렇다면 어째서 이렇게까지 후환을 제거하고 싶어 하는 것일까.

"쿨럭! 쿨럭!"

막여후의 눈빛이 연문진의 전신을 훑는 가운데, 연문진이 연신 기침을 내뱉으며 몸 이곳저곳을 두드렸다.

막여후는 그제야 연문진의 얼굴을 자세히 내려다보았다. 남은 목숨에 대한 선고와 도무지 가늠할 수 없는 언변에 휩쓸려 보이지 않았던 것들이 그제야 눈에 들어왔다.

하얗다 못해 파리한 안색. 얼굴 여기저기 핀 검버섯과 기이할 정도로 반짝이는 눈빛. 하얗게 말라 갈라진 입술…….

'그랬군! 이 노인, 명이 얼마 남지 않은 거였어!'

막여후의 눈이 초승달처럼 가늘어졌다.

지키고 싶은 것이다. 이 가주란 노인은.

자신이 죽고 난 뒤에도 가문이 명맥을 유지할 수 있도록.

설사 혼례가 성사된다 해도 가문의 이름, 의선의 이름을 이어 갈 수 있도록.

'그렇게 하게 놔둘 수는 없지. 가주, 막판에 약한 모습을 보인 것이 실수였어.'

"좋소."

막여후는 굳은 표정을 지어 보이며 고개를 끄덕였다.

연문진은 의외인 듯 한쪽 눈썹을 치켜 올렸다. 계산이 빠른 이라면 분명 그쯤에서 물러서는 것이 정상이라 생각하고 있을 터다.

"지금 당장 만나러 가겠소. 단, 귀하의 여식의 뜻만을 온전히 묻고 싶으니 가주께서는 잠시 이곳에서 기다려 주시오."

"……!"

연문진의 작은 눈동자가 파르르 떨렸다.

아직 세상 물정은커녕 사람의 심계를 파악하는 법도 모르는 딸이다.

자신이 함께 가지 않는다 함은 곧 딸아이의 눈과 귀를 멀게 하여 자신들의 뜻대로 움직이겠다는 말이 아닌가!

"하나 가문의 행보가 걸린 중요한 문제이니 만큼……."

"걱정하지 마시오. 가주께 하였던 말에서 한 치도 틀리지 않을 터이니. 그럼."

막여후는 딱 잘라 말하며 포권을 취했다.

그리고는 연문진의 대답도 듣지 않은 채 몸을 돌렸다.

타악!

이내 냉정하게 문이 닫혔다.

막여후와 막도호의 걸음 소리가 멀어지자 연문진은 씁쓸한 미소를 지으며 의자에 깊이 몸을 파묻었다.

"난세의 풍파는 비껴가고 싶었거늘……. 나 역시 강호의 섭리에 온전히 벗어나 있지는 못하였구먼……."

"맹에서의 손님이라니……. 도대체 어떤 분들일까?"

침상에 걸터앉은 연청하는 연신 고개를 갸웃거렸다.

미와 관련된 청을 올리기 위해 가주를 찾았건만, 이미 맹에서 온 손님들을 접대하고 있다 하지 않던가.

게다가 일의 경중이 무거운지 이야기도 길었다.

"맹?"

등에 침을 꽂은 채 엎드려 있던 미가 호기심을 드러내었다.

연청하는 그런 미의 등에 마지막 남은 침 하나를 찔러 넣으며 입을 열었다.

"모르는 거니? 무림맹, 명문정파의 무인들이 모여 만든 단체야. 아버님 말씀으로는 절대 얽히지 말아야 할 이들이라고 하더구나."

"헤에……."

미는 신기한 듯 입을 벌렸다.

무림.

암궁에서 그곳에 대한 이야기는 수없이 들어 왔다.

대단한 환상이 있었음은 말할 것도 없다. 아이들끼리 주고받으며 커져 나간 무림에 대한 환상은, 미와 그 형제들이 암궁을 탈출하기로 마음먹는 데에 가장 큰 역할을 하기도 했었다.

검 한 자루에 몸을 의탁해 천하를 떠돌며 의와 협에 목숨을 걸고 살아가는 이들, 협객.

그 얼마나 가슴 뛰는 이야기인가.

어두컴컴한 지하 암동에서 생사를 오가며 무공만을 익혀 온 아이들에게는 너무나 생소하고 또한 동경할 만한 것이었다.

그런 이들이 모여 만든 단체라니. 얼마나 대단할까!

"관심이 있는 모양이구나? 역시, 무공을 익힌 줄은 알고 있었지만……."

"아, 아니에요. 그래도 아가씨 곁에 있는 게 더 좋은걸요."

연청하가 풀 죽은 듯 말하자 미가 황급히 덧붙였다.

금세 얼굴이 붉게 물들었다.

귓불까지 붉게 물들어 가는 미의 모습에 웃음 짓던 연청하는, 문득 방문 앞에서 느껴지는 인기척에 고개를 돌렸다.

"누구신가요?"

사람은 그 체질과 살아온 환경, 혹은 성정에 따라 저마다 각기 다른 느낌을 가진다.

하지만 문밖에 선 이들은 연청하가 살아오면서 단 한 번도 받아 보지 못한 느낌을 주고 있었다.

드르륵!

연청하가 대답도 하기 전에 방문이 열리고, 검은 도복을 입은 두 명의 사내가 성큼성큼 방 안으로 들어왔다.

그들의 복장과 표정, 기세에서 무림맹에서 온 손님임을 눈치 챈 연청하는 황급히 침상에서 몸을 일으키며 몸을 숙였다.

"귀한 손님들께서 이런 누추한 의방에……."

"우리가 귀하다 한들 민초들이 생각하는 관음선녀의 존귀함에 닿을 수 있겠소? 당연한 일이외다. 반갑소, 무림맹의 호법을 맡고 있는 막여후라 하오."

"막도호라 하외다."

막여후와 막도호가 포권을 취하자 연청하는 다시금 꾸벅 몸을 숙였다.

그러면서도 둘의 안색을 살폈다.

"안색이……."

본능적인 행동이었을까.

그녀도 어렵지 않게 둘의 수명이 얼마 남지 않았음을 알아낸 모양이었다.

막여후와 막도호는 혀를 찼다. 묘령도 채 되어 보이지 않는 계집까지도 자신들의 남은 명을 읽고 있다니.

"한데 소녀에게는 무슨 용무이신가요? 아버님…… 아니 가주께 용무가 있어 본가를 찾아 주신 것이 아닌가요?"

막여후와 막도호를 둘러보던 연청하가 퍼뜩 깨달은 듯 물었다.

"그렇다고 할 수도 있고 아니라고 할 수도 있소."

막여후가 안광을 번뜩이며 대답하자 연청하는 고개를 갸웃했다.

어쩐지 마주 보기 힘든 눈빛, 게다가 무슨 이야기일까.

"우리는 맹주의 명을 받들어 혼담을 나누기 위해 이곳에 온 것이외다."

"혼담이요? 갑자기 무슨……?"

"말 그대로요. 맹주께서는 연 소저와 혼인하기를 바라고 있으시오. 오늘 우리가 이곳을 찾은 이유는 그것을 청하기 위해서라오."

혼인이라니, 혼담이라니.

가주에게 그런 이야기는 일언반구도 들어 본 적이 없었기에 연청하는 멍한 표정을 지을 수밖에 없었다.

게다가 그녀는 곧 의행을 떠날 몸이 아닌가.

"뭐, 뭔가 잘못된 것이 아닌가요? 저는 아버님, 아니 가주께 그런 말씀은 한마디도 들은 적이……."

"이미 가주께도 말씀을 드렸소. 맹주께서는 연 소저와 혼인하기를 원하고, 연 소저가 앞으로 할 어떤 행동에도 일절 제약을 하지 않으리라 호언장담하시었소."

"그런……."

연청하는 신음을 흘리며 고개를 숙였다.

이들이 이렇게 자신을 찾아와 이야기하는 데에는 다 그만한 이유가 있으리라.

이미 모든 이야기는 끝이 났으리라, 그녀 자신의 의사와는 관계없이 혼례를 올리게 되리라.

하지만…….

"걱정하지 마시오. 연 소저께선 맹주를 단 한 번도 만난 일이 없겠지만 분명 강호의 대의를 위해 앞장서는 분이시오. 더불어 나이도 그리 많지 않으니 분명히 앞으로의 연 소저를 위해서도, 또한 가문을 위해서도 큰 도움이 될 것이오."

"가문······."

연청하는 신음을 흘렸다.

무엇이 가문을 위한 길인지, 아버님께서 원하는 바가 무엇인지 모든 것이 혼란스럽기만 했다.

그런 그녀를 바라보는 막여후와 막도호의 입가에 한 줄기 싸늘한 미소가 스쳤다.

그리고······.

'원수······. 원수······!'

침상에 엎드린 채 막여후와 막도호를 올려다보는 미의 두 눈동자에 이글거리는 불꽃이 타오르고 있었다.

제5장

혼을 태워 원한을 갚다

미는 막여후와 막도호가 문 앞에 다가선 그 순간, 이미 그들의 기도를 읽어 내고 있었다.

깊이 정신을 집중하지 않으면 쉽사리 읽어 낼 수 없는 심후한 내공을 가진 이들.

무림맹의 협객이리라 생각했었다.

하지만 그들이 모습을 드러낸 순간, 미는 황급히 고개를 침상에 파묻을 수밖에 없었다.

그들의 얼굴을 본 순간 지옥 같은 과거의 환영이 되살아나며 심장이 멎어 버릴 것만 같았기 때문이다.

무저갱의 악령들보다도 잔혹하고 무자비하며 냉혹한 암궁의 무인들.

그들의 채찍질에 죽어 간 형제들이 몇이며 그들의 검 아래 목이 베어진 형제들이 몇이던가!

살아 있되 살아 있는 것이 아니던 암궁에서의 삶에 가장 공포스러운 것은 한 달에 한 번씩 아이들을 찾아오던 장수들이었다.

칠십오 조장들과 십기부장, 오호대장군.

그리고 그들 모두가 자신들의 황제에게만큼이나 충성하던 이들.

지하 암동의 정상에서 모든 아이들을 굽어보던 그 공포스러운 얼굴을 어찌 잊을 수 있으랴!

"맹주께서는 연 소저와 혼인하기를 바라고 있으시오."

그 두 대마두의 입에서 흘러나온 목소리에 미는 공포도 잊고 눈을 부릅떴다.

전신의 공포가 씻은 듯 사라지고 대신 그 자리를 지금껏 단 한 번도 느껴 보지 못한 뜨거운 분노가 차지했다.

'형들에 이어…… 이제는 아가씨까지!'

맹렬한 복수심이 가슴 저 깊은 곳에서부터 타올라 두 눈에서 활화산처럼 폭발했다.

고개를 숙이는 연청하의 모습이 두 눈에 아로새겨졌다.

'원수……. 원수……!'

주체할 수 없을 정도의 살심과 복수심이 미의 전신을 강타했다. 충혈된 두 눈동자에서 새파란 살광이 뿜어져 나왔다.

"으음……?"

연청하를 내려다보며 미소 짓던 두 사내의 고개가 미에게로 돌아갔다.

"흡!"

그제야 미는 황급히 숨을 들이켜며 고개를 침상에 푸욱 파묻었다.

"어린아이 같은데, 세간에 소문이 자자한 연 소저의 마지막 환자가 저 아이였소?"

"아, 갓난아이였을 때부터 제가 맡아 키운 아이입니다. 얼마 전 큰 사고를 당하여……."

미를 돌아본 연청하가 황급히 대답했다.

명백한 거짓말.

미가 과거에 어떤 아이인지 알 수 없는 연청하이니 감싸는 것이 당연했다.

"흠. 무공을 익혔군. 뛰어난 성취……."

'두려워……! 형…… 어디를 가도 도망칠 수 없나 봐!'

이어지는 막도호의 말에 미는 침상에 고개를 처박은 채로 이를 악물었다.

두렵다. 단지 스쳐 본 것만으로도 자신의 모든 것을 속속들이 꿰뚫어 보는 저 마인들이.

형제들의 목숨을 빼앗아 간 것으로도 모자라 이제는 아가씨까지 빼앗아 가려 하는 저 마인들이.

아드드득!

저도 모르게 움켜쥔 손에서 뼈 소리가 울려 퍼졌다.

'복수……! 복수해야 해. 형, 나 복수할 거야. 더 이상 누구에게 기대지 않겠어. 기필코, 기필코 내 손으로……!'

그 순간 미는 복수하기로 마음먹었다. 잠시 달콤한 환상에 빠져 있었던 것처럼 머릿속이 차갑게 가라앉았다.

암궁에서 평생을 살아왔다. 형제들의 죽음 위에 생을 이어 갈 수 있게 되었다.

그렇다면 그들의 복수를 해야 하는 게 당연한 게 아니었을까.

형들도 그것을 원하지 않을까.

그들이 살지 못한 인생을 살아 나가며 미 자신의 손으로 그들의 복수를 하는 것.

그것이 앞으로 남은 그의 인생에 해내어야 하는 사명이 아닐까.

"옳은 결정을 하시었소. 맹주께 곧장 그리 보고를 올리도록 하겠소."

다시 고개를 돌리자, 떨리는 목소리로 무어라 대답을 한 연청하가 고개를 숙이는 모습이 눈에 들어왔다.

흐뭇한 듯 미소 지으며 몸을 돌리는 두 마두.

타악!

뒤이어 부들부들 몸을 떨던 연청하도 도망치듯 의방을 뛰쳐나갔다.

다음 날 그녀가 다시 의방을 찾았을 때는 어디에서도 미의 모습을 찾아볼 수 없었다.

그 황망함에 가슴이 저려 그녀는 끝끝내 약초를 자를 때 쓰던 소도 한 자루도 그와 함께 사라졌음을 끝내 알아채지 못하였다.

"하아⋯⋯. 하아⋯⋯."

억누르려 해도 새어 나오는 나지막한 숨소리가 덤불 속에서 연신 울려 퍼졌다.

새까만 어둠 속에서도 두려움과 살기가 뒤섞인 눈빛은 선명히 번뜩이고 있었다.

어떻게 복수할 것인지, 복수해야 할 이들의 숫자가 얼마나 되는지 그 어떤 것도 제대로 알지 못한 채 미는 그저 타오르는 복수심과 뼛속까지 저린 두려움만으로 막여후와 막도호의 뒤를 쫓고 있었다.

기척을 죽이고 자신을 숨기는 법을 생사를 오가며 익혀 온 덕에 벌써 사흘째 마두들의 뒤를 쫓으면서도 들키지 않을 수 있었다.

한낮에는 말을 타고 달리는 둘의 뒤를 쫓기 위해 전력으로 경공을 운용해야 했고, 밤에는 둘의 모습을 뇌리에 각인시키기 위해 제대로 수면도 취하지 않은 채 그들을 주시했다.

'두려워……. 죽여야 해…….'

수면을 취하는 막여후와 막도호를 눈도 깜빡이지 않은 채 노려보며 미는 끝없이 뇌까렸다.

극한의 두려움과 살심이 미의 안에서 어우러져 거대한 무언가를 만들어 내고 있는 듯했다.

더없이 피곤한 상황에서도 머릿속은 그 어느 때보다 맑았으며, 왼 가슴의 흉터에서부터 번져 나가는 저릿저릿한 느낌에 몇 번이나 뛰쳐나가려는 본능을 억눌러야 했다.

겉모습으로나마 유약하던 미의 모습은 완전히 사라진 듯했다.

그리고 지금.

미의 마음속에서 팽창하고 몸을 부풀린 야수가 금방이라도 터져 나갈 듯 그의 전신을 잠식해 가고 있었다.

'죽일까? 내가…… 내가 죽일 수 있을까?'

품 안에서 소도 자루를 꽈악 움켜쥔 미는 세상모르고 잠에 빠져든 막여후와 막도호를 노려보며 눈을 빛냈다.

조금만 더 이성적인 상황이었다면, 영민한 그의 머리로 충분히 판단해 낼 수 있으리라.

저들과 자신의 무위는 하늘과 땅만큼이나 차이가 난다는 것을.

하지만 이미 그의 머릿속은 살기와 두려움이 뒤섞인 야수가 잠식해 들어간 뒤였다.

'죽이자! 원수, 형들의 원수……!'

소도를 뽑아 들고 느릿느릿 몸을 일으켰다.

잔뜩 굳어 있던 온몸의 근육들이 삽시에 풀리며 차가운 밤공기를 맞아들였다.

솜털 하나하나까지도 모두 살아 있는 듯 그 어느 때보다 오감이 날카롭게 곤두섰다.

끓어 넘치는 살기가 점차 차분히 갈무리되었다.

한동안 잊고 지냈던 암궁 무사로서의 본능이 다시 살아 꿈틀거렸다.

호랑이보다도 은밀하고 매보다도 신속하게, 그렇게 미는 한 걸음 한 걸음 막여후와 막도호에게로 다가섰다.

삼 보.

어떻게든 삼 보 안에만 다가설 수 있다면…….

오십 보…… 삼십 보…… 이십 보…….

막여후와 막도호에게 다가설수록 미의 걸음은 더욱 느려지고 더욱 은밀해졌다.

분명 주체할 수 없을 정도의 살심이 치솟아 오르고 있을 텐데 눈빛은 무심하기 그지없었고, 손에 쥔 소도에는 한 줌의 예기도 새어 나오지 않았다.

그것은 이미 본능.

이성은 이미 마비되었고, 두려움은 살심에 눌려 사라졌다.

십오 보…….

막여후와 막도호의 모습이 손에 잡힐 듯 가까워졌다.

하지만 조급해 하지 않는다.

암궁에서 살아남게 했던 본능이 그렇게 이끌고 있었다.

이미 미의 시야에는 막여후와 막도호 두 사람만이 가득했다.

십오 보.

불과 십오 보 앞에 죽여야 할 이가 있다.

피가 끓는다. 당장이라도 달려들어 갈기갈기 찢어 버리고만 싶다.

십사 보.

막여후와 막도호의 숨소리가 선명하게 들려왔다. 자면서도 기감을 열어 놓고 있는지 언제라도 뽑을 수 있도록 검에 손을 가져다 대고 있다.

하지만 아직 눈치 채지는 못한 것이 분명했다.

저들 정도의 무위라면 십오 보가 아닌 삼십 보 앞에서도 일검에

혼을 태워 원한을 꿇다

목을 벨 수 있을 테니까.

미는 땀이 흥건한 소도 자루를 고쳐 쥐며 다시 한 걸음을 다가섰다.

하지만 여기서 미가 간과하고 있는 것이 한 가지 있었다.

말.

막여후와 막도호는 말을 타고 왔으며, 그들의 곁에 항상 말을 풀어 두었다.

두 마리의 흑마는 지금 미의 바로 옆에 있었으며, 그가 십 보 앞까지 다가왔을 때에 이미 잠에서 깨어 그를 내려다보고 있었다.

본능적인 경계였다.

그리고 정작 미는 그 두 마리의 말의 존재를 전혀 눈치 채지 못하고 있었다.

지금 미를 가장 경계하고 있는 것이 이 두 마리의 흑마라는 것을 눈치 채기만 했더라도 소도를 고쳐 쥐는 행동 따위는 하지 않았을 텐데.

푸르릉!

미가 소도 자루를 고쳐 쥐며 다시 한 걸음을 떼었을 때, 두 마리 중 한 마리의 흑마가 고개를 흔들며 투레질을 했다.

"웬 놈이냐!"

그리고 그 순간 막여후와 막도호가 번개처럼 눈을 뜨며 단 일 수에 검을 뽑아 들며 신형을 일으켰다.

"흐헉!"

삽시에 미의 안색이 급변했다.

숨을 들이키며 물러선 미의 눈에 비친 막여후와 막도호는 막 지옥에서 올라온 흉신악살과 다를 바 없었다.

거대한 검이 당장이라도 날아들어 그의 목을 베어 버릴 것만 같았다.

그리고 그 순간, 살심에 눌려 있던 두려움이 일시에 살심을 억누르고 미의 전신으로 퍼져 나갔다.

"암습의 이유는 묻지 않겠다. 죽어라!"

쒜에엑!

비정한 선고와 함께 검이 청광을 흩뿌리며 쏟아져 들었다.

그 순간 사색이 된 미가 곁에 선 흑마의 목을 움켜쥐고 번개 같은 속도로 그 위에 올라탔다.

"히익!"

그리고는 발작하듯 말의 옆구리를 차 대니, 말은 커다란 울부짖음을 내뿜으며 그대로 미친 듯 달려 나갔다.

"추살하자!"

"음!"

타타탓!

벌써 새까만 어둠 속으로 사라진 미의 뒤를 쫓아 막여후와 막도호도 신형을 내달렸다.

"아, 거참. 언제까지 그렇게 죽을상 짓고 있을 거요? 그깟 놈들 몇명 칼부림하다가 나자빠지는 게 그렇게 큰일이우?"

"네놈 머리로는 이해하기 힘들지 모르지만, 내가 보기엔 충분히 큰일로 발전할 수 있으니 이런다. 하필 거기서 그렇게 마주쳐서는……."

"뭐요? 죽어라 찾으러 다닌 아우한테 칭찬은 못해 줄 망정, 꿔다 논 보릿자루 취급하기요?"

"찾으려면 조용히 찾기만 하면 되는 것을, 왜 굳이 여기저기 시비를 걸고 다니느냐?"

"아! 그럼 술이 보이고 음식이 보이는데 안 먹고 지나치는 게 정상이요? 그거 조금 먹었다고 죽어라 쫓아오는 놈들이 이상한 거지. 나 참……."

독고유는 지끈 엄습해 오는 두통에 관자놀이를 주물렀다.

아무 잘못이 없다는 태도로 일관하는 주합의 이야기와 달리, 현실은 꽤나 암담했다.

한참 만에 이렇게 도망치는 것이 더 큰 실수가 될 수 있음을 깨달은 독고유가 황급히 자리로 되돌아갔지만 이미 때는 늦어 있지 않던가.

벌써 한차례 칼부림이 일었었는지 사파와 정파의 무인들 중 몇몇이 사체가 되어 널브러져 있었고, 그 외의 이들은 모두 사라진 후였던 것이다.

이런 일들은 자칫하면 정사 양도 간의 충돌로 소문이 퍼져 나갈 수 있고, 만에 하나라도 그리된다면 맹주가 옳다꾸나 하고 손을 쓸 것이 분명했다.

"내가 없는 동안 갖은 고초는 다 겪었나 보구만? 옷이며 얼굴이며 개방도가 따로 없네. 하핫! 역시 이 주합님이 없으니 천하의 형님이라도 강호행이 힘들 수밖에!"

주합의 말에 독고유는 그제야 몸을 숙여 도복을 찬찬히 살펴보았다.

곳곳이 찢어지고 색이 바래 백색은커녕 잿빛에 가까워진 도복.

지난 일들이 주마등처럼 머리를 스치고 지나갔다.

"말도 말거라. 맹주 놈이 본색을 드러내고 죽이려 달려드는 통에 몇 번이나 북망산에 다녀올 뻔했다. 예상은 했지만 그렇게 대놓고 죽이려 할 줄이야……."

"헉? 그런 일이 있었수? 그럼 형님 몸에 현상금 붙은 것도 다 그것 때문이요?"

"그래. 우선은 따돌렸지만 언제 놈들이 또 쫓아올지 알 수 없다. 그러니 우선은 한시라도 빨리 어딘가에 몸을 의탁하여……!"

놀란 얼굴의 주합에게 이야기하던 독고유의 목소리가 뚝 끊어졌다.

그 대신 굳어진 안색으로 고개를 돌려 저만치의 어둠 속을 노려보았다.

혈우도 금방이라도 달려들 듯 몸을 숙였고, 주합은 긴장한 듯 침을 꿀꺽 삼켰다.

저벅— 저벅—

코끝을 아리게 하는 비릿한 혈향. 상처 입은 야수를 연상시키는 기기묘묘한 기세.

느릿느릿 다가서는 인기척은 분명 범상치 않았다.

푸스럭!

건너편의 풀숲이 흔들리며 그 뒤에서 새까만 인영 하나가 비틀비틀 걸어 나왔다.

코끝을 찌르는 혈향.

"어억!"

모두가 긴장한 가운데, 비틀대며 다가서던 인영이 풀썩 쓰러졌다. 그제야 인영의 등에 삐죽 튀어나온 검날의 그림자를 볼 수 있었다.

화들짝 놀란 주합이 허겁지겁 인영에게로 달려들었다.

경계의 빛을 거두지 않던 독고유도 주합이 인영을 안아 들자 그제야 걸음을 옮겼다.

"아이……?"

인영의 정체를 확인한 독고유가 눈을 치켜떴다.

하얗게 센 머리칼의 비쩍 마른 아이. 게다가 심장이 있는 자리에 정확히 검이 꿰뚫려 있었다.

"형님, 이 녀석 아직 살아 있수!"

소년의 맥을 짚던 주합이 혀를 내두르며 감탄했다.

강제로 기혈을 뒤틀고 내장의 위치를 바꾼 것일까. 그렇다 하더라도 이렇게 심장이 있는 위치를 정확히 꿰뚫리고는 오래 살아남을 수 없다.

"형……. 가지 마……."

아이의 안색이 급격히 핏기를 잃어 갔다. 사경을 헤매는 와중에 중얼거리는 아이의 목소리에, 독고유는 설마 하는 표정으로 검이 꿰뚫린 반대편 가슴에 손을 가져다 대었다.

"우심장(右心腸)……. 도대체 이 아이는……!'

"하악! 하악!'

미는 미친 듯이 달리고 또 달렸다. 뒤를 쫓는 막여후와 막도호의 모습은 전혀 보이지 않았지만 그래도 단 한시라도 말을 멈추지 않았다.

기척이 느껴지기 때문이다.

막여후와 막도호는 집요하리만큼 끈질기게 미의 뒤를 쫓고 있었다.

백여 장의 거리를 꾸준히 유지한 채, 미가 지쳐 쓰러지기만을 기다리는 모양이었다.

'멍청했어! 그렇게……. 그렇게 쉽게 모든 게 이루어질 리가 없잖아!'

미는 끝없이 자책했다. 보다 완벽한 기회를 노렸어야 했다.

본능보다는 이성적으로 생각하고 행동했어야 했다.

'음…… 형…….'

누구보다 냉정하고 냉철하던 형, 음. 만약 살아 있는 것이 자신이 아니라 그였다면 분명 복수에 성공했을 터다.

"아직…… 아직 끝나지 않았어……. 이대로 죽을 순 없으니까……."

숨을 헐떡이면서도 미는 끊임없이 머리를 굴렸다.

방법이 없을까. 복수할 수 있는 방법이. 그게 아니라면 살아 도망칠 수 있는 방법이.

다각! 다각!

이미 말도 지칠 대로 지쳐 있었다.

사흘 밤낮을 달렸으니 당연했다.

제아무리 명마라도 전력을 다해 하루를 달리고 나면 하루는 쉬어주어야 했다.

하지만 그럴 틈이 없었다.

미의 체력도 급속도로 떨어져 가고 있었고, 말을 걷게 해서는 금방 따라잡힐 것이 분명했으니까.

결국 말은 한 시진을 더 버티지 못하고 풀썩 나자빠졌다.

땅바닥을 나뒹군 미는 황급히 쓰러진 말을 부여잡았다.

"조금만 더 힘을 내. 조금만 더……!"

이마를 쓰다듬어도, 옆구리를 후려쳐 보아도 말은 가쁜 숨만 할딱일 뿐 더 이상 아무런 반응도 보이지 않았다.

그러는 가운데에도 막여후와 막도호의 기척은 점점 더 가까워져 왔다.

마치 일부러 자신들의 위치를 밝히듯 너무나 선명한 기척.

"……."

아랫입술을 질끈 깨물던 미는 문득 왼쪽 가슴을 꾸욱 움켜쥐었다.

흉터가 쿡쿡 쑤셔 왔다.

어떻게 하면 살 수 있을까.

말의 눈동자가 미의 얼굴을 올려다보았다. 지치고 죽어 가는 눈동자.

도대체 뭘 말하고자 함일까.

"……!"

막여후와 막도호의 인기척이 오십 장까지 가까워졌을 때, 문득 미는 눈을 부릅떴다.

알 것 같았다. 살아 나갈 방도가 있을지도 모른다!

"미안해. 미안해……."

품에서 소도를 꺼내 든 미는 말의 머리를 쓰다듬으며 연신 사과하다 불현듯 말의 목덜미를 그었다.

말은 단말마의 울음소리를 토해 내었을 뿐 아무런 반응도 보이지 않았다.

목덜미에서 왈칵왈칵 쏟아져 내리는 핏물.

말의 눈을 감겨 준 미의 움직임이 점차 바빠지기 시작했다.

"흔적이 끊긴 것이 이쯤인가……."

막여후와 막도호는 앞을 가로막는 풀숲들을 베어 넘기며 느릿느릿 걸음을 옮겼다.

이미 독 안에 든 쥐나 다름없다 생각한 탓이다.

지칠 대로 지친 꼬마가 도망칠 수 있다고 해 봐야 그들이 마음만 먹으면 얼마든지 잡아 낼 수 있었다.

지치도록 놓아둔 이유는 아이의 정체를 알아내기 위함이었다.

"읏……."

작은 공터로 나온 순간 풍기는 구릿한 냄새에 막도호가 인상을 찡그렸다.

피비린내가 섞인 악취.

막여후는 이내 공터 가운데에 널브러진 말의 사체를 발견할 수 있었다.

"지독하군. 이렇게 냄새를 지울 생각이었나."

말의 시신은 처참하기 그지없었다.

몸속의 내장이란 내장은 모조리 밖으로 빠져나와 역한 냄새를 풍기고 있었고 전신에 피를 흠뻑 머금어 본래의 검은빛을 찾아볼 수 없을 지경이었다.

막도호는 말의 시신으로 다가섰다. 인상을 찌푸리며 시신을 내려다보던 그는 말의 목에 묻은 핏물에 손가락을 가져다 대었다.

"따뜻하군."

"삼십 장? 사십 장 정도인가?"

막도호가 피가 묻은 엄지와 검지를 문지르며 일어서자 막여후도 고개를 끄덕였다.

여건이 되지 않자 말을 죽여 냄새를 지우고 숲으로 숨어든다.

꼬마의 머리에서 나올 법한 계책이다.

"귀찮게 하는군."

인상을 찌푸린 막여후는 검날을 얼굴 앞으로 가져가며 눈을 감았다.

티잉—

심호흡을 하며 검지로 검면을 튕기자 청명한 소리와 함께 기파가 동심원을 그리며 퍼져 나갔다.

눈을 감고 청력에 온 정신을 집중한 막여후에게는 오로지 그 동심원만이 세상의 전부였다.

육합검명시(六合劍鳴視).

티이잉—

뿜어져 나갔다 되돌아온 음파들이 그의 심상(心想)에 주위의 모든 풍경을 형상화시켰다.

수상한 움직임은 없다.

하지만 분명 어딘가에 숨어 있으리라. 암습을 가했던 꼬마가 움직이는 순간, 이 끝없이 퍼져 나가는 음파의 그물에 걸리고 말 것이었다.

티잉—!

막여후가 네 차례나 검을 튕기자 막도호는 의외인 듯 입을 한일자로 다물었다.

보통의 인간은 아무리 숨어 있더라도 미세한 움직임을 보이게 마련이다.

그리고 이런 숲 속에는 그런 움직임이 무엇보다도 크게 느껴지니, 막여후가 육합검명시를 펼칠 때에 그 눈을 피해 가는 것은 불가능에 가깝다 할 수 있었다.

하물며 그런 꼬마가 어찌 피해 갈 수 있으랴.

'보통 꼬마는 아니었다. 보통의 꼬마라면 이런 짓을 할 수 있을 리가……'

바로 한 걸음 앞에 널브러진 말의 시신을 내려다보며 막도호는 신음을 흘렸다.

이십 보 안까지 접근해 오는 동안 기척도 느끼지 못하였다.

조용하고 느리나 군더더기 없는 움직임, 그리고 눈을 마주 본 순간 순간적으로 느껴진 야성에 가까운 살기.

'궁……? 궁에서 탈출한 아이인가?'

순간 머릿속에 스쳐 가는 것이 있어 막도호는 인상을 찌푸리며 다시 말에서 고개를 돌렸다.

하지만 그것이 실수였다.

둘의 시선이 말의 사체에서 완전히 떨어진 순간, 불현듯 말의 배가 쩌억 갈라지더니 그 안에서 피칠갑을 한 미가 솟구쳐 올랐던 것이다.

푸욱!

제아무리 막도호라 해도 불과 일 보 앞에서 달려드는 미의 공격을 막을 수는 없었다. 삽시에 기도를 꿰뚫려 비명도 지르지 못한 채 꺼꾸러졌다.

"도호!"

그 순간 막여후가 벼락같은 노호를 내지르며 눈을 떴다.

하지만 어느새 미의 신형이 눈앞까지 쇄도한 후였다.

말의 피와 막도호의 피가 뒤섞인 소도의 날이 검붉은 빛을 발하고, 그와 동시에 막여후의 검이 미의 가슴팍에 박혀 들었다.

푸욱!

푸욱!

"으으윽!"

"큭!"

미는 가슴팍에 박힌 검이 자루밖에 보이지 않을 만큼 깊이 박혀 들었음에도 전혀 개의치 않고 막여후의 목을 향해 소도를 휘둘렀다.

"으아아아!"

하지만 소도가 목 근처에 다가가기도 전에, 대갈일성과 함께 흰 섬광이 터지더니 복부에 가공할 충격과 함께 십여 장이나 튕겨 나가고 말았다.

"크으……."

바닥에 두 바퀴나 나뒹군 미는 신음을 흘리며 느릿느릿 일어섰다.

반쯤 풀린 그의 눈동자에 막도호의 시신을 안아 드는 막여후의 모습이 비추어졌다.

절규하는 막여후.

슬퍼한다. 저 마두도 슬퍼할 줄 안다.

털썩!

미는 다리가 풀려 저도 모르게 주저앉았다. 고개를 숙여 내려다보니 왼쪽 가슴에서 뭉실뭉실 솟아오르는 핏물과 장혼이 남은 복부가 흐릿하게 보인다.

흉터가 남은 자리에 또 검을 맞았다.

고통은 없었다.

이상하게도 정말 전혀 아프지 않았다.

어쩐지 온몸이 따스해졌다.

마치 물속에 빠진 듯 몸이 둥둥 떠오르듯 몽롱하게 정신이 풀려 갔다.

'그렇게 죽고 싶으냐? 바보.'

"혀, 형?"

눈꺼풀이 너무 무거워 눈을 감으려던 미는 먼 곳에서 울려 퍼지듯 들려오는 목소리에 화들짝 고개를 들었다.

어느새 그의 주위에는 네 명의 형제들이 함께 서 있었다.

소와 염이 그의 두 어깨를 붙잡아 그의 몸을 일으켜 주었다.

양과 음이 저만치에 앞서 나가 그에게 손짓했다.

"어디로 가는 거야, 형? 형……."

미는 비틀비틀 걸음을 옮겼다.

음과 양은 어디로 그토록 이끌고 싶은 것인지 끊임없이 손짓을 했고, 미는 정신이 몽롱해지는 외중에도 필사적으로 다리를 놀려 그들을 향해 걸었다.

생과 사를 잊고, 산 자와 죽은 자의 경계도 잊은 채 그렇게 걷고 또 걸었다.

비로소 걸음을 멈춘 음과 양은 자신을 놀란 얼굴로 바라보는 흰 도복 사내의 어깨에 손을 얹은 채 빙긋 웃고 있었고, 그 순간 미는 전신의 힘이 빠져 땅에 몸을 뉘었다.

"형…… 가지 마……."

자신을 향해 다가서는 의문의 사내들의 뒤편으로, 네 형제들의 신형이 천천히 하늘로 사라져 갔다.

'살아, 바보야. 우리 몫까지 살아 주기로, 그러기로 맹세했었잖아.'

음의 목소리를 마지막으로 미의 의식은 칠흑 같은 어둠 속으로 떨어졌다.

제6장

삼마(三魔), 조용히 그 힘을 드러내다

"살 수 있겠느냐?"

"힘들어."

독고유의 물음에 혈우가 고개를 저었다.

그들의 시선은 빈사지경에 이른 미에게로 향해 있었다.

왼 가슴의 검은 대단히 정교하게 찔려 정확히 본래 심장이 있어야 할 위치를 꿰뚫었지만, 오히려 그것이 불행 중 다행으로 아이의 내장을 다치지 않게 해 주었다.

하지만 문제는 과다한 출혈과 복부의 장흔에 있었다.

내장이 갈기갈기 찢긴 데다 이미 회복하기 힘들 정도로 피를 흘린 후라, 혈우가 전력을 다해 기를 불어넣고 또한 이곳저곳의 혈도를 짚어 나가도 아이의 안색은 도무지 좋아지지 않았다.

"네 힘으로도 힘들어? 어이구……. 도대체 뭐 하는 녀석이기에 이 지경이 된 거지?"

주합은 이마를 탁 치며 고개를 저었다.

또 이상한 짐 하나가 늘었다고 생각한 게 틀림없었다.

대단히 좋지 않은 순간에 늘어 버린 혹.

어떤 사연을 지니고 있는지 알 수 없어도, 이토록 심한 상처를 입고 있다면 가히 평범하지는 않으리라.

"에이, 귀찮아지기 전에 차라리 그냥 뒈져 버렸으면 좋겠네."

투덜대던 주합은 독고유가 손바닥을 치켜들자 황급히 입을 다물었다.

"깊은 사연이 있는 아이겠지. 어쩌면……."

"어쩌면, 뭐요?"

주합이 캐묻자 독고유는 고개를 내저었다.

"아니다. 지나친 생각이겠지. 그보다 이 아이가 살아남는다면 언제쯤 깨어날 수 있을까?"

아이의 맥을 짚어 보던 혈우는 머리를 긁적였다.

"모르겠어."

"으음……. 오른 가슴에 심장을 지닌 채 태어난 아이들은 누구보다 뛰어난 잠력(潛力)을 지니고 있다고 하니…… 살아남아 깨어나길 빌어야겠군."

독고유는 파리한 아이의 얼굴을 쓰다듬었다. 하얗게 센 머리칼과 비쩍 마른 얼굴, 몸에 가득한 상처.

분명 짐작 가는 것이 있었지만 내색하지 않았다.

그 짐작을 이야기하였다간 분명 주합이 길길이 날뛸 테니까.

"젠장. 하여간 뭐든 술술 풀리는 일이 없다니까. 이 꼬마 놈이 액운이나 불러들이지 않았으면 좋겠군."

"으음."

주합도 결국은 체념했는지 침을 탁 뱉으며 자리에 드러누웠다.

한 팔로 혈우를 안아 옆에 뉘인 그는 생각에 잠긴 독고유를 올려다보며 물었다.

"그런데 형님, 어쩔 거요? 이야길 들어 보니 이제 정파 쪽에는 믿을 놈들이 아무도 없는 모양인데."

독고유는 나지막이 한숨을 내쉬었다.

"사파에 몸을 의탁하자니 그것 또한 만만치 않구나. 이러다 정사 양도가 서로에게 검을 겨누어 양패구상하는 것은 아닌지……."

"내 말이 그 말이 아니우! 맹주 놈 도대체 무슨 생각인 건지 모르겠소. 정파 무인들을 손아귀에 넣고 좌지우지하고 싶은 거라면 왜 군이 사파와 싸움을 붙이려 하는지……. 쯧."

"……."

독고유도 주합과 같은 생각을 하고 있었다.

맹주가 원하는 바가 무엇인지를 도무지 알 수 없었다. 암궁을 통한 무림 정복? 혹은 정사 양도에 군림하고 싶은 것일까?

하지만 북방 오랑캐와 서방인들과의 교류도 활발한 지극히 평화로운 이 시점에 그것이 가능한 행동인 것일까?

관의 눈을 피해 성공할 수 있는 일일까?

맹주 정도 되는 인물이라면 그런 일들을 예상하지 못할 리가 없다.

뭔가 특출난 묘수라도 있는 것일까.

"그나저나…… 형님도 참 어지간히 매정하우."

"갑자기 그건 또 무슨 말이냐?"

"와, 정말 아예 생각도 안 하고 있었던 모양이네. 정말 정이라고는 없는 사람이구만."

독고유가 영문을 모른 채 되묻자, 주합은 기가 찬 듯 코웃음을 치며 몸을 돌렸다.

"누님 말이오."

"……아."

"그렇게 오랜 시간 함께하고도 보고 싶은 마음이 요만큼도 안 생기나 보지? 참 나……. 나는 누님이 그렇게 울고 짜는 건 첨 봤수."

아무 말도 할 수 없어 독고유는 고개를 푸욱 숙였다.

부정할 수 없는 사실이다.

그간 진효린에 대한 일들은 까맣게 잊고 있었다.

주합을 찾을 때에도 주합만을 생각하였지 진효린에 대한 것은 단 한 순간도 떠올리지 않았다.

매정하다 생각하는 것이 당연하겠지.

"진 소저에 대해서는……."

"에이, 뭐 그걸로 섭섭하게 생각하는 건 아니우. 형님이야 워낙 공사다망한 분이니까 어쩔 수 없겠지."

"뭐?"

독고유가 인상을 찌푸리며 되묻자 주합은 모르겠다는 듯 엎드려

누웠다.

"그래도 말이요. 나라면, 적어도 나라면 한 번쯤은 물어봤을 거요. 쳇, 내가 뭐라고 이런 소릴 하는지."

"……."

독고유는 입술을 질끈 깨물었다.

주합도 그녀에 대한 정이 들 만큼 들었을 터다.

단순한 놈이니 그만큼 그녀가 안타까웠겠지.

"미안하다. 변명할 거리가 없는 이야기구나."

"미안할 필요가 뭐 있수, 그냥 너무 매정하게 그러지 말자는 거지."

꼼지락거리는 혈우를 있는 힘껏 끌어안은 주합은 그대로 데굴데굴 구르다 팔다리를 대자로 펴고 멈추었다.

"에이— 오늘은 또 이슬 맞게 생겼네."

이내 주합은 코를 골며 잠을 자기 시작했다. 독고유는 소년의 곁에 자리를 잡고 누웠고, 혈우는 그런 주합과 독고유를 번갈아 바라보다 그들의 사이에 자리를 잡았다.

한 식경도 지나지 않아 모두들 깊은 잠에 빠진 모양이었다.

숨소리마저 잦아들고 간간이 들려오는 산새 소리를 제외하고는 바람조차 불지 않아 고요하기 그지없었다.

움찔!

그런 어둠 속에서 무엇을 느낀 것일까.

세상모르고 잠에 빠져 있던 혈우의 눈썹이 일순간 꿈틀거렸다.

스스스슷―

한 줄기 바람이 불어 주위의 나무들을 흔들고 지나갔다.

산새 소리가 뚜욱 끊기고, 아까와는 다른 느낌의 정적이 주위를 휘어 감았다.

움찔!

또다시 혈우가 움찔 몸을 떨었다.

슬며시 눈을 뜨는 혈우.

어둠 속에서 유난히 반짝이는 혈우의 눈동자가 한 치 앞도 보이지 않는 숲 속을 느릿느릿 훑었다.

그러다 일순간 칠흑 같은 어둠 속을 야수처럼 노려보니, 주위의 나무들이 혈우의 시선을 이기지 못하고 부들부들 흔들렸다.

스륵.

독고유의 팔에 걸치고 있던 우수를 조심스럽게 빼낸다.

어느새 하얀 강기가 맺힌 장이 어둠을 빛내며 일렁였다.

이번에는 주합의 등 아래에 끼어 있던 좌수를 빼내었다.

형님들이 깨어나기 전에, 다가서지도 못하게 만들리라.

터업!

"……!"

장력을 흩뿌리려는 그 순간, 불현듯 커다란 손이 혈우의 어깨를 움켜쥐었다.

혈우가 놀란 눈으로 고개를 돌리자, 눈도 뜨지 않은 채 누워 있던 주합이 슬그머니 입을 열었다.

"형님 잔다."

"……?"

"깨우지 말자."

주합의 말에 혈우는 그제야 독고유를 바라보았다.

눈에 띄게 핼쑥해진 얼굴.

정체를 알 수 없는 적들이 접근해 오고 있음에도 세상모른 채 잠에 빠져 들어 있다.

"그럼 어떻게 해?"

다시 본래대로 누운 혈우가 눈을 꼬옥 감은 채 물었다.

주합은 대답 대신 좌수를 느릿느릿 들어 올렸다.

새파란 불꽃이 손바닥 위에 작게 일렁이다, 서서히 그의 팔을 타고 어깨로 흘러내렸다.

화르르르―

땅으로 옮겨 붙은 푸른 불꽃은 그대로 여덟 가닥으로 나뉘어 일직선을 그리며 사방으로 뻗어 갔다.

어찌 된 영문인지 그것에 닿은 풀에도, 나무에도 전혀 불길이 옮겨 붙지 않았다.

그렇게 온전한 직선을 그리며 뻗어 나간 여덟 줄기의 불꽃은 이십여 장을 나아가서야 멈추었다.

그리고는 멈춰 선 자리 그대로 한데 모여 커다란 원을 이루었는데, 여전히 그 불꽃은 육안으로 식별하기 어려울 정도로 작았다.

하지만 그 안에 담긴 내공은 결코 만만히 볼 것이 아님이 분명했다.

불꽃은 크게 만드는 것보다 작고 뜨겁게 만드는 것이 더욱 어려운 법이니까.

바스락!

그 불꽃의 원형진 앞으로 첫 번째 희생자가 다가들었다.

은밀하기 그지없는 움직임. 어둠과 완전히 동화되어 눈빛조차 반짝이지 않았다.

화륵!

하나, 그도 발 바로 아래까지는 주의하지 못한 듯싶었다. 그의 발이 자그맣게 타오르던 불꽃에 닿은 순간,

"읏……?"

화르륵!

채 이상함을 느끼기도 전에 새파랗게 타오른 불꽃이 일시에 그의 전신을 훑고 지나갔다.

찰나의 순간에 지나지 않는 폭발.

하지만 이미 희생자의 몸은 새까맣게 탄 숯덩이가 된 후였다.

쉬이익!

아무런 반항조차 하지 못한 채 한 명이 죽자, 암습자들은 본색을 드러내고 삽시에 솟구쳐 올랐다.

조용하지만 세찬, 여전히 살기마저 흘리지 않는 능숙한 움직임이다.

하지만 그토록 능숙한 암습자들조차도 이내 경악할 수밖에 없었

다.

 화아악!

 아무런 폭발음도 없이 삽시에 십여 장이나 치솟아 오른 불길이 그들의 앞을 막아섰던 것이다.

 원을 그리며 솟구쳐 오른 불의 벽.

 파랗다 못해 보랏빛을 띠고 있는 그 불길은 암습자들이 어서 다가오길 바라기라도 하듯 은은하게 일렁였다.

 화륵! 화륵!

 너무나 빠른 나머지 물러설 틈이 없었던 암습자들 절반 이상이 삽시에 재가 되어 스러졌다.

 대경하여 간신히 멈춰 선 암습자들.

 그들은 불길 위를 빠르게 지나쳐 보기도 하고, 누군가의 희생으로 그 뒤를 지나쳐 보기도 하였으나 번번이 화염막이 솟구쳐 올라 한 줌 잿덩이로 화해야 했다.

 "이 정도로 충분하려나."

 초열위무진(焦熱偉舞陣).

 한때 일만에 달하는 정파 무인들을 하룻밤 새에 잿더미로 만들었던 마공.

 그 어떤 무인이 보아도 아연실색할 상황임에도 정작 그 당사자는 그런 사실을 아는지 모르는지 너무나 태평하게 잠을 청할 따름이었다.

"독고유……. 독고유……. 독고유……!"

뿌리 깊은 중오와 한이 맺힌 목소리가 끝없이 한 사내의 이름을 되뇌었다.

마치 심연의 저 깊은 곳에서 울리듯 굵직하기 그지없는 목소리.

사내의 인상 또한 목소리와 너무나 잘 어울려 선이 굵은 사나이의 느낌을 주고 있었다.

두 눈에서 흐르는 피눈물을 제외한다면.

사내의 두 눈동자에서는 새빨간 피가 섞인 눈물이 끈적하게 흘러내리고 있었다.

핏발선 두 눈동자에는 광기가 서려 있었고 그 분노만으로 목숨을 끊어 놓으려는 듯 한 사내를 노려보고 있었다.

"네놈에게도 같은 고통을 안겨 주겠다. 맹주 따위의 명이 아닌 나 자신의 의지로……! 나 막여후의 이름을 걸고!"

사내의 이름은 막여후.

그의 품에는 여전히 싸늘하게 식은 아우의 시신이 들려져 있었다.

세상에 단 하나뿐인 피붙이를 잃은 그의 심정이 어떠할까.

단지 그의 두 눈동자에 흐르는 피눈물로 그의 원한을 막연히 짐작할 뿐이다.

"맹주…… 이것을 원했던가. 저놈이 우리의 목숨을 끊어 주리라…… 그것을 원했던가!"

그의 입에서 이가 갈리는 듯한 목소리가 울려 퍼졌다.

이해할 수 없는 퇴각을 명하던 맹주.

그가 퇴각함으로써 취하고자 했던 것은 자신들의 목숨이었던가.

저 독고유라는 사내가 손을 써 자신들의 목숨을 취하게 만들고자 함이었던가!

"나와 내 아우를 기만한 죄! 반드시 받아 내겠다! 암궁의 뇌옥에서 평생을 죽지도 살지도 못하게 만들어, 지저망령들의 노리갯감으로 던져 줄 것이다! 그 후에, 십 년간 참아 왔던 한을 내 손으로 풀 것이다!'

"하아— 어젯밤은 무슨 일인지 세상모르고 잤군."

"흐흐, 코 골고 이 갈고 난리도 아니더만."

여느 때보다 개운한 표정으로 기지개를 켜던 독고유는 뭔가 꺼림칙한 듯 코를 킁킁거렸다.

"어? 내 코가 이상한가?"

"뭐, 뭐가 말이우?"

독고유가 고개를 갸웃하자 주합은 뜨끔한 표정으로 침을 꿀꺽 삼키며 되물었다.

"뭔가 타는 냄새가 나지 않아? 킁! 킁! 그치?"

"에이— 타는 냄새는 무슨! 우리 형님이 엔간히도 피곤하신 모양이구만!"

"피곤해서 그렇다고……?"

주합의 말에 머리를 긁적인 독고유는 다시 코를 킁킁대기 시작했다.

그럴수록 주합의 이마에는 땀이 송골송골 맺혀 갔다.

"아닌데? 정말 뭔가 타는 냄새가 나지 않아? ……어라? 그러고 보니…… 네놈……?"

순간 독고유의 움직임이 우뚝 멈추자 주합은 사색이 되어 침을 꿀꺽 삼켰다.

별안간 고개를 돌린 독고유가 그의 앞에 얼굴을 들이밀며 속삭였다.

"뭐야……. 나 자는 동안 네놈이 뭔가 장난질이라도 친 게냐……?"

"자, 장난질은 무슨! 나도 어젯밤엔 아주 그냥 정신도 못 차리게 자서 기억이 한 개도 안 나우!"

"정말……? 그럼 이 타는 냄새는 뭐지? 혈우 녀석이 네 무공을 따라 했을 리는 없고—."

독고유는 아직 잠에 빠져 있는 혈우를 힐끔 내려다보았다.

순간 혈우의 눈썹이 파르르 떨렸지만, 다행히도 독고유가 보지는 못한 모양이었다.

독고유의 시선을 이리저리 피하던 주합은 문득 묘책이 떠오른 듯 황급히 물러서며 독고유의 뒤편을 가리켰다.

"에, 에이! 아침부터 신소리 하지 말고! 그, 그보다 저 꼬맹이는 어쩔 거요? 저 녀석이 깨어나지 않는다고 또 하루를 그냥 넘길 순 없잖수?"

"아? 호오……. 웬일로 옳은 소리를 하는구나?"

의문의 백발 소년을 바라보던 독고유가 한쪽 눈썹을 치켜 올리며 주합을 노려보았다.

그의 시선을 받은 주합이 저도 모르게 숨을 크게 들이켰다.

"왜, 왜……?"

"왜긴 무슨 왜야. 업어라."

씨익 웃는 독고유의 얼굴에 왠지 막연히 슬퍼지는 주합이었다.

"끄응……. 그런데 이 녀석 이렇게 막 움직여도 되는 상태요?"

아이를 들쳐 업으며 주합이 묻자, 독고유는 턱을 괴며 시선을 돌렸다.

"뭐…… 보통은 안 되지만, 이 녀석은 우심장이니까 어떻게든 될지도 모르지. 어차피 놔둬도 죽을 가능성이 칠 할 이상이니 녀석의 운을 믿도록 하자."

"에이씨! 그게 뭐야! 그럼 어젯밤엔 왜 노숙했어!"

"어차피 이미 네놈이 업었는데 다시 돌려놓는다고 그 시간이 되돌아오겠느냐? 그보다 은근슬쩍 말 편하게 한다? 한동안 타지에서 고생하더니 간에 종양이라도 생겼나 보지?"

"에이씨! 꼭 말로 안 되면 주먹이지."

주합이 성큼성큼 걸음을 옮기자, 언제 자고 있었냐는 듯 혈우가 그 뒤를 따랐다.

독고유는 잠시 멍하니 둘의 뒷모습을 바라보았다.

왠지 이제야 실감이 났기 때문이다.

항상 그에게 두통을 유발하던 주합의 반항이 이제는 오히려 마음을 편안하게 해 주고 있었다.

"정 붙이려면 못 붙일 게 없다더니……. 별게 다 편해지는군."

스스로 생각해도 우스운 듯 피식피식 웃은 독고유는 어서 오라는 주합의 외침에 그제야 걸음을 옮겼다.

한나절 내내 걸으면서 독고유는 연신 미심쩍은 느낌을 받아야 했다.

때때로 타는 냄새가 짙게 느껴져 주위를 돌아볼라 치면 이상하리만큼 안절부절못하는 주합과 말다툼을 해야 했고, 혈우도 평소와 달리 걷는 것에만 혼신의 힘을 다하고 있었다.

그렇게 반나절이 지날 무렵쯤에는 독고유도 체념하여 더 이상 주위의 이상함에 신경을 쓰지 않았고, 대신 다른 종류의 걱정에 몰두했다.

백발 소년의 등장으로 잠시 잊고 있었던 것.

"그러니까 형님 말은…… 사람이 없는 곳은 습격을 당할까 봐 다닐 수 없고, 사람이 많은 곳에는 현상금 때문에 다닐 수 없다 이 말이우?"

"그래. 이럴 땐 눈치가 빠르구나."

"어이쿠 옘병……."

주합은 손으로 이마를 탁 쳤다.

발등에 불이 떨어졌다는 말이 이럴 때 필요할까.

독고유의 말대로 일천 냥의 현상금이면 무공을 익힌 무인들뿐만 아니라 온갖 시정잡배들의 표적이 되어 있을 것이 자명했고, 그렇다고 사람이 없는 곳을 골라 다닌다면 암궁의 추격을 피할 수 없을 것이 또한 분명했다.

"그냥 사람 없는 곳으로 다니면서 암궁 놈들이 공격해 오면 다 때려잡으면 안 되우? 그냥 다 아작 내 버리는 게 골치도 안 아프고……."

"본래 암궁이란 단체는 포기를 모른다. 그들과 싸우기 시작한다면 그들이 더 이상 싸울 힘이 없을 때까지 싸워야 할 터인데, 그것이 가능하겠느냐?"

"헹! 그럼 뾰족한 수라도 있소?"

"그들에 대항하는 이들이 많아지면 많아질수록 좋겠지. 그들의 힘을 압도하는 것은 불가능하다. 하지만 대의를 등에 업는다면, 놈들을 다시 암흑 속에 가라앉히고 맹주의 목을 베는 것도 불가능한 일은 아닐 게다."

"듣기만 해도 벌써 골이 지끈지끈 아프구만. 고생길이 훤히 트여 있으니 벌써부터 뼈 삭는 소리가 들리는 것 같수."

"그래도 머잖아 한 번 크게 부딪치게 되긴 할 것 같구나. 너도 있고 하니 한 번쯤 붙어 볼 만은 하겠지. 하지만 그전에 해야 할 일이 있다."

"할 일?"

주합의 물음에도 독고유는 잠시 대답을 하지 못했다.

숲길이 끝이 나면서 눈부신 햇빛이 쏟아졌기 때문이다.

"사도련에 방문해야 할 것 같구나."

"사도련? 그놈들 회담 장소가 어딘 줄 알고 찾아간다는 거요?"

주합이 뜨악한 표정으로 묻자 독고유는 씨익 미소 지었다.

"그 안내인들이 지금 오고 있는 모양이다."

"……!"

독고유의 말에 그제야 혈우와 주합의 고개가 평원 저 너머로 향했다.

휘리릭!

그 순간 저 너머의 하늘에서 새하얀 비단이 눈부시게 흰 궤적을 그리며 독고유의 앞으로 날아들었다.

"궁주의 명을 받아, 대협을 모시러 왔습니다."

비단천이 한 번 크게 펄럭이자 그 뒤에서 두 명의 아리따운 여인이 모습을 드러내었다.

목례를 하는 두 여인의 용모에 주합이 넋 빠진 표정을 지어 보였다.

새하얀 눈도 이 두 여인의 피부보다는 하얗지 못할 듯싶었다. 백옥처럼 잡티 하나 없는 고운 얼굴에 가지런한 흰 이, 꼬리가 살짝 올라간 입매와 차가워 보이는 눈동자가 자리한 긴 눈.

"북해빙궁……? 내가 지금 북해빙궁의 궁녀(宮女)들을 보고 있는 거요?"

여인들을 멍하니 바라보고 있던 주합이 마침내 몽롱한 목소리로 입을 열었다.

독고유는 빙긋 웃으며 품에서 작은 주머니를 꺼내 들었다.

"빙정(氷晶)이다."

"흐어어……!"

궁녀들과 마주했을 때와는 다른 경악성이 주합의 입에서 흘러나오고, 독고유는 그제야 만족스러운 듯 포권을 취했다.

"내가 할 수 있다고 보나?"

"어렵지 않겠지. 당신이라면, 빙마녀 옥화린의 이름을 가진 여인이 당신이라면."

"그럼 그동안 네 녀석은 무엇을 할 거지?"

"찾아야 할 녀석이 있다."

"찾아야 할 녀석?"

"사도련의 모자란 힘을 메워 줄 녀석이지."

"흥, 기분 나쁜 말이군."

"하지만 사실이라는 걸 알고 있지 않나."

"……받아라."

"이건 뭐지?"

"빙정."

"빙정이라……. 이런 걸 왜?"

"그걸 가지고 있어야 내 아이들이 네놈을 찾기가 수월해지니까."

"다른 건 없나? 천리추종향이라던가……."
"네놈 목을 내 곁에 두면 되겠군. 언제든 찾아갈 수 있게."
"……그냥 이것으로 하지."

"궁주께서 말씀을 전하셨습니다."
"뭐라고……?"
"찾던 녀석은 찾았나?"
두 여인의 이름은 옥령(玉令)과 여빙(麗氷).
냉정하고 차가운 느낌의 옥화린과 달리, 이 두 여인은 북해빙궁의 사람이라는 것을 믿을 수 없을 정도로 생기가 넘쳤다.
옥령이 옥화린의 목소리를 흉내 내어 말하자, 독고유의 고개가 한 켠으로 스르륵 돌아갔다.
얼굴 가득 홍조를 띠고 멍한 표정으로 두 여인을 바라보고 있는 주합.
독고유의 시선이 주합에게로 향하자 두 여인의 고개도 그에게로 돌아갔다.
여전히 주합의 얼굴은 몽롱하기 그지없었다.
"저…… 저……?"
옥령이 한쪽 눈썹을 꿈틀거리며 독고유를 바라보았다.
그리고는 믿을 수 없다는 듯 되물었다.
"저 멍청해 보이는 사내가 대협께서 찾으시던 분이라고요?"
"머, 멍청?"

옥령의 말에 주합이 놀란 표정으로 스스로를 가리켰다.

"나? 나한테 한 말이우?"

"……."

눈을 동그랗게 뜨고 되묻는 주합을 바라보며 혀를 찬 옥령은 다시 독고유에게로 고개를 돌렸다.

"멍청이."

그녀의 한 마디가 비수가 된 듯 주합이 크게 충격 받은 표정을 지었다.

"궁주께서 시간만 낭비한 게 아니길……."

뒤이은 여빙의 중얼거림에 주합의 몸이 추욱 처졌다.

"궁주는 모든 준비를 끝마쳤소?"

독고유는 주합의 반응을 완전히 무시한 채 옥령을 바라보았다.

옥령은 고개를 끄덕였다.

"강서 땅과 안휘, 하남 땅에 각각 하나씩의 거점을 마련하셨습니다. 그곳으로 각자 가까운 곳에 있던 무인들이 군집하고 있구요."

"정확히 반으로 가르겠다는 생각이군……. 그녀다워."

독고유는 저도 모르게 한쪽 입 꼬리를 비틀어 웃음 지었다.

사파가 정파에게 눌리지 않는다는 것을 보여 주고 싶었음이 틀림없다.

"정파 무인들이 사파 무인들을 무시할 수 없게, 그거면 충분하겠지."

그녀는 독고유가 부탁했던 말을 한 치의 오차 없이, 그녀가 머릿속에 그린 그림대로 하나하나 만들어 가고 있었다.
"그럼 궁주가 거하고 있는 곳은……?"
"강서입니다. 무림맹과 인접한 곳이 좋겠다 하시어서……."
여빙이 공손히 대답했다.
그러면서도 찰나지간에 불안한 감정을 얼굴에 드러내었다.
정사 양도 간의 불화가 정점을 찍은 시점이니 이토록 불안해 하는 것도 이해가 갔다.
"그녀답군."
하지만 그와 반대로 독고유는 만족스러운 미소를 지었다.
과연 옥화린, 그릇이 범상치 않은 여인이다.
"저, 소저……. 바보라는 말씀은 좀……."
"악! 어디다 손을 가져다 대는 거예요! 이 치한!"
"아, 그러니까 거기에 손을 대고 싶었던 게 아니라……!"
"따라오지 마요!"
옥령이 진저리를 치며 앞서 나가자 주합이 얼굴을 붉히며 그녀의 뒤를 따랐다.
"저 녀석을 보면 그녀가 어떤 표정을 지을지……. 그전에 죽이려 들지 않으면 다행이겠군. 아! 숯두꺼비! 등에 아이 흔들린다, 떠지 마라!"

강서로 향하는 길이 지루하지는 않겠다 생각하면서도, 여느 때보다 팔불출로 돌변한 주합의 모습에 걱정스러운 마음이 앞서는 독고유였다.

제7장

풍운을 가슴에 품고 검객들은 강호로 나선다

"소문 들었나?"

"무슨 소문?"

"자네는 방도 보지 않고 다니는가! 금 일천 냥짜리 현상범 이야기 말이야!"

"아! 들은 적이 있네. 무림맹에서 현상금을 걸었다지?"

"그래. 그 덕분에 팔자 한 번 고쳐 보겠다고 현상범을 찾아다니는 놈들이 한둘이 아닌 모양이야."

"요즘 들어 험악한 놈들이 많이 보이던 이유가 있었구먼."

단 사흘 사이에 중원의 화젯거리가 일변했다.

사람들은 둘만 모여도 현상범에 대한 것으로 이야기를 시작했고, 그것은 강호의 중심부에서 멀리 떨어진 광동 어귀에서도 마찬가지였다.

"무엇들 하고 계십니까?"

"헉! 자네는 그렇게 갑작스레 등장하는 것이 취미인가? 이것 참, 하루에도 몇 번씩 불쑥불쑥 튀어나오니 심장이 견디질 못하겠구먼."

불현듯 뒤에서 들려온 목소리에 두 사내는 화들짝 놀라 고개를 돌렸다.

십오륙 세로 보이는 소년이 엄한 표정으로 둘을 둘러보고 있었다.

소년의 체구는 보통 아이들과 다를 바 없었으나, 옷 사이사이로 드러나는 근육질의 몸은 이 아이가 보통의 소년이 아님을 알려 주고 있었다.

"자네가 돌봐야 할 아이들이 많다는 것은 알고 있네만, 그래도 사람이 쉴 때는 쉬어 주어야 하지 않겠나? 응? 그렇게 죽기 아니면 까무러치기로 일하는 것도 좋지 않아. 아직 나이도 어리면서……."

메기수염을 기른 사내가 소년을 타이르듯 말했다.

한참 위 연배의 어른이건만, 소년을 대하는 태도가 마치 손윗사람을 대하듯 깍듯하기만 하다.

소년은 단호히 고개를 저었다.

"한시라도 더 일을 해야 돈을 더 받지요. 처자식도 있는 알 만한 분들이 왜 이러십니까."

"허허, 괜히 전향(錢香)이 아니구만. 알았네, 알았어!"

소년의 이름은 전향(傅鄕).

부양할 가족이 많아 악착같이 돈을 버는 통에, 본래의 이름보다는 돈 냄새라는 전향(錢香)으로 더욱 많이 불리고 있었다.

하지만 전향의 입장에서는 돈을 벌어야 하는 것이 당연했다.

그가 부양해야 할 가족들이 열 명이 넘는 데다, 개중에는 관부의

문인을 목표로 학문에 전념하고 있는 이들도 있었다.

소년은 잡일꾼. 나무를 캐고 짐을 나르고 물건을 전해 주는 대가로 돈을 벌었다.

몸으로 할 수 있는 것이면 무엇이든 한다. 그것이 소년 전향의 철칙이었다.

두 사내들이 남은 짐을 마저 옮기기 위해 걸음을 옮기자 전향은 그들의 뒤를 물끄러미 바라보다 품 안으로 손을 가져갔다.

바스락!

손에 들려 나온 것은 마을에 붙어 있다던 바로 그 방이었다.

현상금 일천 냥의 주인공, 독고유.

하지만 그 현상범을 내려다보는 소년의 얼굴에는 아련한 빛이 떠올라 있었다.

"대인…… 아가씨……."

지금 세간을 떠들썩하게 만들고 있는 현상범은, 전향에게는 다시 없는 은인이라 할 수 있었다.

그에게 살아갈 희망을 주고, 살아갈 방법을 알려 주었으며, 터전을 만들어 준 이.

어찌 잊을 수 있으랴.

"분명 뭔가 잘못된 걸 거야. 이대로 두고 볼 수만은 없어."

독고유의 얼굴을 내려다보던 전향은 굳게 다짐한 듯 고개를 끄덕이며 다시 일터로 향했다.

"수고하셨어요."

"전향! 내일 보세!"

"예에!"

해가 서쪽 하늘로 뉘엿뉘엿 질 때가 되어서야 모든 일은 끝이 났다. 평소보다 조금 더 두둑하게 일당을 챙겨 받은 전향은 여느 때보다 빨리 걸음을 옮겼다.

그가 향한 곳은 마을 인근의 야산.

나무를 얼기설기 엮어 만든 담장과 그 안으로 삐죽삐죽 솟은 초가들을 올려다보는 소년의 눈빛은 따스함인지 애잔함인지 모를 느낌을 주고 있었다.

"형이다! 형!"

"혀엉—!"

거지들이 모여 사는 판자촌처럼 추레한 마을에는 채 열 살도 되어 보이지 않는 아이들이 한데 모여 놀이를 하고 있었다.

전향이 돌아왔음을 발견한 아이들이 우르르 그에게로 달려왔다.

어른은 없다.

오로지 아이들로만 이루어진, 고아들로만 이루어진 마을.

그곳의 가장인 전향이기에 어깨에 짊어진 짐이 더욱 무겁다 할 수 있었다.

"어? 형, 오늘은 아무것도 안 사 왔네?"

"바보! 창고에 한 달은 먹을 수 있는 음식들이 쌓여 있는데 허튼 데 돈 쓰면 안 되잖아!"

내심 군것질 거리를 기대했던 어린아이들이 실망하는 소리와, 그런 아이들을 꾸짖는 조금 머리 굵은 아이들의 목소리가 왁자지껄 터져 나왔다.

전향의 입가에 씁쓸한 미소가 번져 나갔다.

너무 빨리 철이 들어 버린 아이들.

아우들은 이 가난과 고된 삶을 살게 하기 싫었건만, 이제는 그것조차 지키기 힘들게 되었다 생각하니 금방이라도 왈칵 눈물이 쏟아질 것 같았다.

"자, 오늘 일당이야. 형은?"

"안방에."

일당이 든 종이봉투를 건네 준 전향은, 판자촌 가장 안쪽으로 걸음을 옮겼다.

하나뿐인 형이 있는 곳.

"형!"

"어, 어? 왔구나!"

전향이 입을 열자, 이내 집 안이 밝아졌다.

투닥이는 소리가 난 것을 보니 허겁지겁 불을 켠 모양이었다.

"도대체 왜 불을 끄고 책을 보는 거야? 기름 값은 싸지만 나빠진 눈은 돌이킬 수 없다고."

"아냐아냐, 잠깐 쉬느라 꺼 놓은 것뿐이야."

문을 가려 놓은 발이 걷히며 안에서 하얀 피부의 소년이 걸어 나왔다.

전향의 하나뿐인 친형, 전은.

과거를 보겠다며 글공부를 시작한 지 벌써 반년째다.

총명한 탓에 공자니 노자니 하는 책들을 곧잘 외웠지만, 그런 만큼 점점 몸은 약해져 가고 있었다.

오늘만 해도, 기름 값을 아끼기 위해 불도 켜지 않고 책을 보았음이 틀림없었다.

"형, 나 할 말이 있어."

"응? 뭐, 뭔데?"

인상을 푸욱 찌푸렸던 전향이 문득 입을 열자 전은이 흠칫 놀라며 그를 올려다보았다.

"나 아무래도 잠시 어디 좀 갔다 와야 할 것 같아."

"……대인한테 가려는 거면 그만둬."

전은은 그의 말에도 놀라지 않는 눈치였다.

오히려 차분하게 가라앉은 목소리로 그를 만류했다.

"어째서? 형도 봤잖아. 대인 목에 현상금이 붙었어."

"네가 가 봐야 짐이 될 뿐이야. 강호에는 검으로 먹고사는 이들뿐이라는 걸 너도 알잖아!"

전향은 화난 표정으로 전은을 노려보았다.

화가 났지만 화를 낼 수는 없었다.

형은 지금 자신이 다치는 것을 걱정하고 있는 것이니까.

"걱정하지 마. 대인이 가르쳐 준 대로 하루도 빠짐없이 수련했어. 동네 어른들 정도는 눈 감고도 이겨."

"그러다 네가 다치기라도 하면……. 또 전 같은 일이 벌어지기라도 하면……."

전은은 고개를 떨구었다.

복부에 길게 남은 흉터를 매만지던 그는 굳은 표정의 전향을 올려다보았다.

"아가씨가 그랬어. 사내들은 검을 잡으면 미쳐 버린다고. 더 이상 돌이킬 수 없는 곳까지 앞만 보고 달려가게 된다고. 난 네가 그렇게 되길 원하지 않아. 네가 그런 삶을 살게 하지 않겠어."

"형……."

전향은 입술을 질끈 깨물었다.

전은의 두 눈동자도 전에 없는 단호한 빛을 띠고 있었다.

"나는 출세할 거야. 기필코 출세해서 동생들도 모두 굶을 걱정 없이 살게 할 거야. 너도 얼마 전까진 그것만을 원했잖아."

"……."

전은의 굳은 목소리에 전향은 대답 없이 고개를 돌렸다.

자신의 방에 들어가는 순간까지도 전은의 시선이 그의 뒷목에 느껴졌다.

'형, 미안해. 나도…… 나도 이미 검을 들어 버렸나 봐…….'

누군가가 복건 땅의 명소가 어디냐 묻는다면, 중원인들은 십중팔구 이리 대답할 것이다.

무이산(武夷山)이라고.

사람을 찢어 죽이는 마귀가 살았었다는 소문도 있지만, 그런 것을 신경 쓰는 이들은 많지 않았다.

사실 눈에 보이지 않는 마귀보다 더욱 신경 써야 할 것이 있기 때문이기도 했다.

그것은 바로 도원동(桃源洞)의 깊은 곳에 살고 있는 백호(白虎).

백 년은 족히 살아 영력(靈力)을 지니게 되었다는 녀석은 무인이고 문인이고 가리지 않고 습격하는 영물(靈物)이었다.

덩치는 기골 장대한 사내보다도 크고, 힘은 웬만한 나무 한둘쯤은 우습게 쓰러뜨릴 정도이며 한 번 울부짖으면 온 산이 숨을 죽인다 했다.

이쯤 되면 영물이 아니라 마물이라 부를 법도 했지만, 무이산 근처의 민초들은 그저 녀석을 산신령의 현신이라 떠받들며 도원동 근처에는 얼씬도 하지 않았다.

가끔 무림인, 혹은 사냥꾼들로 보이는 이들이 자처하여 도원동 안으로 들어갈 때가 있었지만 녀석을 사냥하기에는 역부족이었다.

오히려 팔 한쪽, 다리 한쪽만을 남겨 산 아래의 촌락, 오가촌의 앞에 버려두니 그 악명이 더욱 높아질 뿐이었다.

그런 도원동에 한 사내가 들어가겠다 하였을 때, 오가촌의 민초들은 그도 머잖아 불귀의 객이 되리라 생각하였다.

"으하하하! 그러니까, 고놈 잡으러 들어간 녀석들은 전부 다 뒈져서 나왔다 이 말인가?"

"그, 그렇습니다."

사내의 반응에 촌민들은 한숨을 내쉬었다. 조금이라도 희생을 줄여 보고자 마을 사람들이 모두 나서 도원동 백호의 이야기를 해 주었건만, 겁을 내기는커녕 오히려 즐거워 죽겠다는 듯 가가대소를 터뜨리지 않는가.

하긴, 이런 일이 한두 번 있었던 것이 아니었다.

무림인이라는 족속들은 참으로 특이해서, 목숨이 위태롭다는 이야기를 들으면 대단히 즐거워하지 않던가.

그것이 그들이 가진 무위 때문인지, 아니면 애초에 그런 것을 즐기기 때문인지 오가촌의 민초들은 전혀 이해할 수 없었다.

따지고 보면 이 사내의 복장을 본 순간부터 만류하는 것은 무리라고 할 수 있었다.

머리에 두른 호피건과 마치 산적을 연상시키는 늑대 가죽으로 만든 도복.

무인이라 부르지 않는다면 야인이라 불릴 터다.

그리고 그런 이들치고 민초들의 말을 귀담아듣는 이들이 없다.

"백 년이나 묵은 백호라……. 고놈이 사람 고기까지 듬뿍 먹었으면 덩치가 엔간히 크겠군. 안 그런가?"

"살아 돌아온 아무개가 말하길 집채만 하다 했습니다."

마을 청년 한 명이 팔을 휘휘 저으며 대답하자 사내는 또다시 대소를 터뜨렸다.

"좋아! 좋아! 딱이야! 최고로군!"

"무, 무엇이……?"

마을 청년의 물음에 사내는 어깨를 탕탕 두드렸다.

"옷감으로 말이야! 백호 가죽으로 옷을 만들면 정말 멋지겠어! 그렇지 않은가?"

"……!"

사내의 말에 일순 촌민들은 말을 잃었다.

도대체 저런 자신감이 어디서 나오는 것일까.

"좋은 정보들 고맙네. 내 고놈을 잡아 오면 가죽을 조금 남겨 주지."

자리에서 일어난 사내는 이리저리 몸을 풀며 산 위로 걸음을 옮겼다. 그러다 손을 입에 가져다 대고 길게 휘파람을 불자 무슨 조화인지 지축이 흔들리기 시작했다.

두두두!

"저, 저런……!"

"저럴 수가!"

이내 용가촌의 모든 이들이 경악할 수밖에 없었다.

마치 사내의 부름만을 기다리고 있었던 듯, 수십 수백은 되어 보이는 일련의 늑대 떼가 마을 안으로 달려 들어오더니 사내의 뒤를 졸졸 따르기 시작했던 것이다.

사내에게 아양이라도 떨 듯 꼬리를 살랑살랑 흔드는 녀석이 있는가 하면 사내의 다리에 몸을 부비는 녀석도 있다.

하지만 그런 가운데에도 촌민들에게는 금방이라도 달려들 듯 살기를 흘려 대니 그들은 이 경악스러운 풍경에 웃을 수도 울 수도 없었다.

사내가 산으로 들어간 지 이틀이 지나자, 마을 주민들은 사내 또한 다른 이들과 마찬가지로 백호의 먹잇감이 되었으리라 생각했다.

하지만 철저한 오산이었다. 그날 밤부터 비바람이 거세게 몰아쳤고, 때때로 산이 무너질 듯한 굉음과 모골이 송연하게 만드는 울음소리가 이틀이나 쉬지 않고 울려 퍼졌다.

촌락 주민들 모두가 공포에 쩔어 탈진 상태가 되었을 때 즈음에야 비로소 소리는 멈추었지만, 그 누구도 집 밖으로 나오는 이가 없었다.

백호의 분노가 극에 달했다 생각했기 때문이다.

괜한 만용으로 집 밖으로 나서 백호의 먹잇감이 되고자 하는 이는 아무도 없었다.

쿠웅—!

그렇게 하루가 흐르고, 촌락 주민들은 마을 입구에서부터 울려 퍼진 거대한 진동에 일제히 숨을 죽였다.

"으하하하!"

뒤이어 터져 나온 앙천광소.

"뭣들 하는가! 그대들이 그토록 보고 싶어 하던 백호가 이곳에 왔네!"

웃음소리가 끝나자 들려온 목소리에 촌민들은 모두 귀를 의심할 수밖에 없었다.

사내! 닷새 전에 산에 들어갔던, 늑대를 이끌던 사내의 목소리였다.

"으하하! 이제야 나오는구만. 어때? 정말 이렇게 클 줄은 나도 몰랐는데. 흐흐흐!"

주민들이 하나 둘씩 집 밖으로 나오자 사내는 그 어느 때보다 흐뭇한 미소를 지었다.

주민들은 모두 백호의 모습에 입을 쩌억 벌렸다.

기골이 장대한 사내보다 크다는 말은 완전히 거짓말이었다. 호랑이가 아니라 곰이라 해도 믿을 정도로 큰 덩치의 백호는, 웬만한 어린아이 정도는 한입에 씹어 먹어 버릴 수 있을 듯 위협적이었다.

하지만 이미 숨이 끊어진 것이 분명했다.

하얀 가죽 이곳저곳에는 늑대 이빨 자국이 흉하게 나 있었고, 두 눈동자는 생기를 잃고 풀려 있었다.

"덕분에 우리 아이들이 스무 마리나 죽어 버렸지만…… 뭐, 별수 없지. 뭣들 하는가? 어서 이 녀석 가죽 벗기는 거나 도와 달라고!"

오금이 저려 굳어 있는 촌락 주민들을 다그친 사내는 뚝딱뚝딱 백호의 가죽을 벗겨 도복을 만들었다.

촌락 주민들의 입장에서는 너무나 고맙게도 남은 백호 고기와 가죽, 이빨과 발톱 같은 것들은 모두 주민들에게 양보했다.

"대, 대협, 이 은혜를 어찌 갚아야 할지……."

촌민들을 대표하여 촌장 오 노인이 사내에게 감사의 뜻을 전하자 사내는 호탕하게 웃었다.

"은혜는 무슨! 앞으로 백호에 대한 이야기가 나오거들랑, 이 만산의 무법자 철호님께서 그놈의 가죽으로 옷을 지어 입었다고 해 주기만 하면 돼!"

"……!"

사내의 말에, 촌민 중 몇몇 사내들이 흠칫 몸을 떨었다.

만산의 무법자, 철호.

산이란 산의 모든 금수들은 그의 발아래에 있으며 산속에 있는 그의 행동은 누구도 저지할 수 없다 알려진 야인이 아닌가!

"사실 나도 저걸 두고 가기가 좀 아깝긴 하지만 말이야, 내가 지금 사실 엄청 바쁜 몸이 되어 버렸다 이 말씀이야. 자네들, 금 일천 냥이 걸린 현상범이 누군지 아나?"

"아……."

또다시 촌민들 중 강호의 정세에 밝은 몇몇 청년들이 고개를 끄덕였다.

철호는 만족스러운 듯 씨익 웃었다.

"내가 그분을 잡으러 간다, 이 말씀이야. 응? 뭐, 잡으러 가는 건 아니지만 어쨌든. 그럼 잘들 있게! 백호를 잡은 게 이 몸이라는 이야기는 꼭 소문내라고!"

산에 오를 때와 마찬가지로 한 무리의 늑대를 이끌고 철호는 그렇게 사라졌다.

그의 모습이 지평선 너머로 사라질 때까지 바라보던 촌민들은 그저 범부로 태어난 자신들의 운명을 원망하며 한동안 술로 낮과 밤을 지새웠다.

휘오오오—

남악(南嶽)의 바람은 속세의 그것과는 사뭇 다른 느낌으로 불어왔다.

무릉도원처럼 신비롭게 펼쳐진 산의 이곳저곳을 굽이굽이 누비다 마침내 온 사방이 구름으로 뒤덮인 곳까지 솟구쳐 올랐다.

그러다 산 정상에 홀로 선 여인의 옷자락을 나부끼며 그 안으로 스며들었다.

"대인……."

끝없이 펼쳐진 구름 아래로 누군가의 모습이 보이기라도 하는지, 여인의 목소리는 애절하기 그지없었다.

하늘의 모든 것을 담은 듯 영롱한 두 눈동자에는 금방이라도 떨어질 듯 눈물이 가득 고여 있다.

"진 소저, 장문인께서 찾으십니다."

산 아래에서 검은 무복의 사내가 그녀를 불렀다.

눈에 고인 눈물을 훔친 그녀는 지체하지 않고 몸을 돌렸다.

"숙부께서 무슨 용무로……?"

"알 수 없지요."

그녀의 물음에 무뚝뚝한 얼굴의 사내는 대단히 공손하게 대답했다.

한때는 그녀를 못마땅하게 여기던 형산파의 일대제자.

하지만 지금은 그 누구보다도 그녀를 지극히 보필하고 있었다.

"숙부, 저예요."

"오, 들어오거라."

그녀가 향한 곳은 형산파의 장문인실.

형산파의 장문인에게 숙부라 부를 수 있는 이는 세상에 단 한 사람뿐이었다.

바로 그녀, 진효린.

문을 열고 안으로 들어가자 인자한 표정의 숙부, 형산파 장문인 자연욱이 그녀를 맞이했다.

그 앞의 탁자 위에는 깨알 같은 글씨로 써 놓은 문서가 올려져 있었는데, 그것은 바로 사흘 전에 진효린이 제출한 것이었다.

이제는 제법 소년티를 벗은 두 소년이 씨익 웃으며 목례를 했다.

형산파의 일대제자 고주윤과 고유천이다.

"숙부, 모두 보셨나요?"

문을 닫자마자 그녀가 다짜고짜 묻자 자연욱은 무덤덤한 표정으로 앞의 의자를 가리켰다.

"우선 앉거라."

진효린은 그제야 공손하게 자리에 앉았다.

하지만 얼굴에는 아직도 다급한 기색이 역력했다.

"네가 나에게 준 상서는 잘 읽어 보았다."

"그럼……."

진효린이 기쁜 듯 눈을 동그랗게 뜨자, 자연욱은 기다려 보라는 듯 고개를 저었다.

"하지만 허하기 힘들 듯하구나."

"숙부!"

진효린은 크게 낙담한 표정으로 자연욱을 바라보았다.

자연욱은 무심하게 문서로 눈을 돌렸다.

"독고 대협에 대한 이야기는 분명 나로서도 안타깝구나. 하지만 그 때문에 문도들을 파견하기에는 시안이 너무 중하다. 아무리 맹주가 옳지 않다고는 하나, 그래도 형산은 무림맹의 한 축이니……."

"도움을 받은 이에게는 반드시 그에 상응하는 보답을 하는 것이 형산의 오랜 전통이라 들었는데 아닌가요?"

"하나 그것이 무림의 법규를 혼란스럽게 만들고 있는 이라면 이야기는 다르지."

"숙부!"

진효린이 격앙된 목소리로 외치자, 자연욱은 또다시 고개를 저었다.

"안다. 네가 나에게 해 준 이야기를 들어 보면 독고 대협은 진정 강호를 생각하는 협객이겠지. 하지만 그것은 분명 너와 그들의 입장이 아니겠느냐? 만약 맹주가 네가 말한 그런 인물이 아니라면, 형산도 돌이킬 수 없는 결단을 내린 것이 된단다."

"그런……."

진효린은 입술을 질끈 깨물며 고개를 숙였다.

그러고 보면 그랬다. 그녀가 있었던 동안 맹주의 행동은 수상하기 그지없었으나, 결정적인 꼬투리를 잡힌 것은 없었다.

"게다가 너는 이제 강호의 모든 일에서 손을 씻고, 속세의 흐름을 관조하며 살기로 하지 않았느냐."

"……."

자연욱의 말에 반박할 것이 없어, 진효린은 그저 땅만 바라볼 수밖에 없었다.

따지고 보면 모두 옳은 말이었다.

그녀가 올린 상소문에는 그녀의 주관적인 입장만이 담겨 있을 뿐, 그 이외에 형산을 움직일 만한 대의는 독고유에 대한 신의를 지켜야 한다는 것 한 가지뿐이었던 것이다.

끼익!

"돌아가 보겠습니다."

소리 나게 의자를 밀며 일어선 진효린은 고개를 푸욱 숙인 채 밖으로 향했다.

성큼성큼 사라지는 그녀의 뒤를 황급히 따르는 견노호의 모습을 의미를 알 수 없는 눈빛으로 바라보던 자연욱은, 이윽고 느릿느릿 고주윤에게로 시선을 옮겼다.

"미안하구나."

"아니에요, 사부. 진 소저도 사부의 뜻이 그렇지 않다는 것을 머잖아 알게 될 거예요."

"그래. 독고 대협을 도우러 간다는 것을 알면 저 아이 성정에 따라가겠다 떼를 쓸 것이 분명하지 않느냐."

"헤헷! 헌데, 정말 저와 유천이만으로 충분하시겠어요?"

해맑게 웃던 고주윤은, 내심 부담되었던 듯 자연욱을 올려다보았다.

"걱정 말거라. 강호의 도의에 어긋나는 행동을 하지만 않는다면, 네가 독고 대협의 곁에 있는 것만으로도 우리가 움직이기에 충분한 명분이 되지 않겠느냐. 게다가 많은 이들이 움직이면 란아가 눈치챌 터이니 모든 일이 확실해지기 전까지는 너희 정도밖에는 움직이지 못할 듯싶구나."

"아! 제자, 아직 사부님의 깊은 뜻을 따라가려면 멀고도 멀었습니다."

"허헛! 너야말로 이번 강호행으로 많은 것을 배워 오도록 하거라. 추종향(追從香)을 소지하는 것도 잊지 말고."

"예. 명심하고 다녀오겠습니다."

고주윤은 씨익 웃으며 짐짓 굳건히 포권을 취했다.

그리고는 뒤에서 주섬주섬 무언가를 꺼내 들었는데, 두 개의 행낭과 두 자루의 연검이었다.

"유천아, 가자."

"……사부님, 다녀오겠습니다."

멍하니 앉아 있던 고유천은 그제야 화들짝 정신을 차린 듯 포권을 취하며 자리에서 일어섰다.

이내 세상으로 나간다는 것에 들뜬 두 제자가 경쾌한 발소리를 내며 사라지자, 자연욱은 허탈함과 만족스러움이 섞인 웃음을 지어 보였다.

"내 대(代)에 해야 할 마지막 일은 이것인 모양이로구나……. 허허……."

"이봐, 돌대가리. 어떻게 할 거야? 이대로 기생 년들 엉덩이나 두드리면서 시간만 낭비할 텐가?"

"시간 낭비라고? 돌대가리라고? 네놈 지금 말 다 했냐? 맨날 계집질이나 하는 건 매한가지인 주제에 어디서 난 척이야?"

두 눈이 부리부리하게 커 징그러워 보이는 인상의 사내가 광대뼈가 툭 튀어나와 쥐새끼를 연상시키는 사내에게 말했다.

"어허! 중요한 건 그게 아니지 않은가. 현상범 말일세, 현상범."

"현상범? 아, 그 독고유란 놈……?"

"호호호호, 자네도 보았구만."

왕눈 사내는 음험한 웃음을 흘렸다.

그리고는 연신 혀로 입술을 적시며 쥐새끼 사내의 말을 기다렸다.

"암! 지금 항주에서 그놈의 이름을 모르면 사람도 아니지!"

"호호호, 그럼 말이 쉽겠군. 그래서 말인데, 내가 기막힌 계책을 가지고 있다네."

"뭐? 놈을 잡을 계책이라도 되나?"

"호호, 그렇다니까? 내 자네라 믿고 이야기하는 것이네만……."

"여기 자네도 있고 나도 있고 두 계집년들도 있는데 이야기해도 되는 게야?"

"회주의 귀에만 들어가지 않으면 돼. 호호."

"뭐야, 꽤 위험한 계책인가 보지?"

쥐새끼 사내가 한껏 목소리를 낮추며 물었다.

왕눈 사내는 재빨리 고개를 끄덕이고는 역시 목소리를 낮추었다.

매음굴인지라 작은 소리도 크게 울려 퍼진다는 사실을 망각한 모양이다.

"지금 말이야, 우리 흑협회의 서열이 크게 흔들리고 있다는 것 알고 있나?"

"암! 알다마다! 조장들이 여럿 죽어 나가고 삼혹도 불귀객이 되었다지! 덕분에 부장들끼리의 싸움이 치열해서 부장들도 여럿 죽어 나갔고!"

"역시! 돌대가리 돌대가리 해도 자네만큼 눈치 빠른 친구가 없다니까!"

왕눈 사내의 칭찬에 쥐새끼 사내는 짐짓 근엄한 표정을 지어 보였다.

한껏 가슴을 부풀린 그가 나지막하게 말했다.

"그래, 그럼 내가 뜸 들이는 걸 제일 싫어하는 것도 알겠구만? 어서 털어놔 보게."

쥐새끼 사내의 채근에 왕눈 사내는 혀로 입술을 적시며 말을 이었다.

"그 덕분에 지금 잔챙이들 사이에서는 꽤나 불만이 쌓여 가고 있단 말씀이야. 그러던 찰나에 현상범 이야기가 나왔으니 눈독 들이는 놈들도 있고."

"그래서?"

"그래서 내가 그놈들 중 몇명을 포섭해 두었네. 인원이 쏠쏠하게 모였어."

"얼마나 되는가?"

"족히 오십은 된다네. 이제 자네가 내게 힘을 보태 주어서 조금만 힘을 쓴다면……."

쥐새끼 사내의 얼굴에 금세 흥겨운 기색이 번져 나갔다.

그는 한껏 격앙된 목소리로 답했다.

"삼백은 모을 수 있겠지!"

"그렇다네! 그놈들을 모두 이끌고 구주를 샅샅이 뒤지면 현상범은 우리 차지고……!"

왕눈 사내의 말에 쥐새끼 사내의 입매가 찢어질 듯 벌어졌다.

사내는 가슴이 벅차오르는 듯 말을 이었다.

"일천 냥도 우리 차지라 이거지? 삼백 명이 일천 냥을 나눠 가지면……."

"예끼! 이 멍청한 친구 보게! 금 일천 냥을 어디 돈으로 줄 것 같은가!"

"그, 그럼?"

"전표로 바꾸어 준다네. 그것을 오백 냥 전표 두 개로 나누어 자네와 내가 나눠 가지면……?"

두 사내의 얼굴에 꿈에 부푼 열띤 홍조가 번져 나갔다.

"그럼 어딜 가서라도 떵떵거리며 살 수 있다, 이 말이야?"

"그렇지! 키키키!"

"그 계획 참으로 좋군."

"암, 좋지……!"

연방 고개를 끄덕이던 왕눈 사내의 고개가 느릿느릿 돌아갔다.

둘의 뒤편에 조용히 쪼그려 앉은 인영의 정체를 확인한 왕눈 사내와 쥐새끼 사내의 안색이 하얗게 질렸다.

"회, 회주! 어, 어디서부터 들으셨…… 윽!"

푸욱!

쥐새끼 사내가 황급히 변명하려는 찰나, 두 사내의 목울대에서 핏물이 쏟아졌다.

"네놈들이 회주에게는 비밀이다 어쩌고 할 때부터 듣고 있었다."

허물어지는 두 사내를 내려다보는 이의 얼굴은 세모꼴로 날카로워 마치 독사를 연상시켰다.

그렇다. 흑협회의 회주 흑사였다.

"이 개 같은 놈들이 벌써부터 이런 꼼수를 꾸며 대……?"

그의 파리한 얼굴에 전에 없는 분노의 빛이 떠올랐다.

"어머! 이게 뭐…… 꺄악!"

푸푹!

두 사내의 곁에 잠들어 있던 창기들이 얼굴을 적시는 핏물에 비명을 내질렀다.

하지만 그 소리는 이내 바람 빠지듯 잦아들었다.

그녀들 또한 사내들의 뒤를 따랐기 때문이다.

두 개의 소도에 묻은 핏물을 탁탁 털어 내면서 흑사가 이를 갈았다.

"주합, 그 개 같은 자식과 함께 다니던 흰둥이가 그런 거물이었다니……."

그런 거물인 줄 알았다면 애초부터 흑협회의 모든 힘을 총동원하여 놈의 목을 따는 것에 주력했을 터다.

애꿎은 수하들만 몇이 죽어 나갔던가.

더불어 흑협회의 기둥이었던 삼흑까지……!

"이번에는 봐주지 않을 것이다. 흑협회의 힘을 보여 주지. 네놈의 모가지와 함께 흰둥이 놈의 모가지도 함께 따고 말겠다!'

독을 품은 다짐을 하는 흑사의 눈빛에 전에 없는 싸늘한 한광이 자리하고 있었다.

제8장

북해의 한풍도 사랑 앞에서는……

강서 땅으로 향하는 길로 접어든 지 이틀째.

북해빙궁 궁주의 사절로 독고유를 찾은 두 여인, 옥령과 여빙은 무언가에 흥미를 느낀 듯 몇 시진 전부터 주합의 주위를 배회하고 있었다.

"호호호……."

그런 두 여인을 바라보는 주합의 입에서는 연신 흐뭇한 웃음소리가 새어 나왔다.

무엇을 생각하는지 내내 웃음 짓던 주합은, 마침내 참지 못하고 슬며시 운을 띄웠다.

"소저들, 혹 이 주합에게 관심이 있다면 주저치 말고 말씀하시오."

"……?"

"……?"

주합의 말에 두 여인은 고개를 갸웃하며 주합을 올려다보았.

두 여인의 눈빛에 호의라고는 찾아볼 수가 없었다.

"흐흐, 그리 보면 부끄럽소. 그러지 말고 마음에 품고 있는 이야기를 한 번 풀어내 보는 것이 어떻소?"

"멍청이……."

옥령은 머리가 지끈 아픈 듯 관자놀이를 주무르며 고개를 저었다.

여빙도 마찬가지였다.

들어서는 안 될 말을 들은 듯 고운 아미를 찌푸리며 주합에게서 멀찌감치 떨어졌던 것이다.

"네 녀석에게 관심 있는 게 아니라, 등의 꼬마가 궁금한 게다."

보다 못한 독고유가 핀잔을 주자, 주합은 그제야 아! 하는 소리를 지르며 입을 벌렸다.

"하하! 그렇다면 진작 이야기할 것이지……."

주합이 길을 멈추고 배에 묶은 천을 하나하나 풀기 시작하자, 옥령과 여빙은 즉각 관심을 보였다.

하나 남은 손으로 매듭을 푸는 것이 어디 쉬운 일이겠냐마는, 주합은 이제 꽤나 익숙한 듯 하나하나 천을 풀어내고 있었다.

긴 여정 동안 아이를 떨어뜨리지 않고 업고 다니기 위해 매 놓은 끈. 그것이 풀리자 물에 젖은 솜처럼 축 처진 아이가 땅바닥에 몸을 뉘었다.

"죽었나요?"

"살았소."

하얀 백발의 아이. 알몸인 상체에는 피딱지가 앉은 상처가 가득

했다.

그중에서 단연 시선을 끄는 것은 왼 가슴에 난 커다란 자상.

"심장이 있는 자리에 어찌……. 북해의 설귀(雪鬼)도 심장이 뚫리면 죽는데……."

여빙이 눈을 반짝이며 아이에게로 다가섰다.

"앤 달라!"

어느새 아이의 곁으로 달려온 혈우가 역시 눈을 반짝이며 답했다.

여빙이 무슨 말이냐는 듯 독고유를 올려다보자, 독고유는 아이의 오른팔을 잡으며 대꾸했다.

"우심장이오."

"……!"

여빙은 놀란 듯 입을 떠억 벌리며 황급히 아이의 맥을 짚었다.

"과연……! 처음 보았어요!"

눈을 감고 정신을 집중하던 여빙은 눈을 번쩍 뜨며 감탄했다.

"하지만 아무리 그렇더라도 이 상처는 죽었어도 이상하지 않은 상처인데……."

아이의 몸을 다시 차분히 뜯어보던 그녀는 뭔가 석연치 않은 듯 연신 중얼거리며 다시 아이의 맥을 짚었다.

그러다 별안간 화들짝 놀란 듯 아이의 손을 툭 떨어뜨리며 황급히 뒤로 물러섰다.

"이럴 수가!"

"왜, 왜 그러시오?"

그녀의 반응에 더욱 놀란 것은 독고유였다.

죽어 가는 아이를 살려 놓은 것은 혈우였기에, 혹여 그녀가 알아서는 안 되는 무언가를 알아내지 않았을까 하는 생각이 머리를 스쳤기 때문이다.

"이승을…… 이승을 떠났던……."

심호흡을 한 그녀는 다시 기어 오다시피 아이의 곁으로 다가와서는 재차 맥을 짚었다.

"역시. 대협, 이 아이는 본래 죽었어야 할 아이예요. 지금도 이 아이의 몸속에서 끊임없이 흐르는 한 줄기 진기가 아니라면 이 아이는 죽게 될 것이 분명합니다."

"아……."

독고유는 고개를 끄덕였다.

이렇게까지 할 수 있는 것은 역시 혈우가 신마의 진전을 이어받았기 때문일 터다.

아이가 스스로의 힘으로 살아날 수 없음을 알자 궁여지책으로 자신의 내공을 주입하여 피를 돌게 한 것이겠지.

"이렇게까지 할 수 있는 이는 천하에 채 다섯이 되지 않는 것으로 아는데……. 대협께서 이렇게 하신 건가요?"

그녀의 물음에 순간 독고유와 주합의 눈동자가 허공에서 맞부딪쳤다.

"나…… 읍!"

기다렸다는 듯 손을 들려던 혈우가 별안간 주합의 품으로 안겨 들었다.

황급히 입을 막은 주합이 혈우를 가슴팍으로 와락 안아 들었던 덕분이다.

"그, 그렇소."

독고유가 고개를 끄덕이자 옥령은 존경스러운 눈빛으로 독고유를 올려다보았다.

여빙도 그리하는 것이 얼마나 어려운 일인지를 알고 있는 듯 나지막이 탄성을 터뜨렸다.

"의술에 대하여 알고 계시오?"

아무것도 모르는 여인이 이렇게까지 상세한 진맥을 할 수 없으리라 생각한 독고유는 조심스레 운을 떼웠다.

여빙은 고개를 끄덕였다.

"문외한은 아니지요."

"오, 하면 이 아이를 소생시킬 방법을 알고 있소?"

"사연이 많은 아이인가 보지요?"

그녀는 상처가 가득한 아이의 등을 쓰다듬으며 측은한 목소리로 물었다.

독고유는 고개를 저었다.

"발견하였을 때는 이미 생사를 오가고 있었소."

"으음……."

옥령은 또다시 의외인 듯 독고유를 올려다보았다.

이토록 급박한 시점에, 귀찮은 짐이 될지도 모를 아이를 떠안다니.

"과연 대협이시군요. 궁주께서 신뢰하시는 이유를 알았습니다."

그녀는 지금까지와 다른 결연한 눈빛으로 입을 열었다.

"의선연가의 상한병마록에 따르면 사람이 의식을 찾지 못하는 것은 기의 순환이 원활하지 못하여 심장과 뇌가 이어지지 못하기 때문이라 하였습니다."

"그럼……?"

심상치 않은 이야기에 독고유가 굳은 표정으로 되묻자, 그녀는 잠시 숨을 고르며 말을 이었다.

"이럴 경우에는 자연히 시간이 지나 기가 뇌에 통하게 되기를 기다리거나……."

"거나……?"

"강한 양기로 진기를 폭출시켜 백회혈까지 솟구치게 만들어 강제로 길을 열고, 혈도가 터지지 않도록 강한 음기로 곧바로 혈맥을 식혀 주어야 하는데……."

그녀의 목소리가 마지막에는 웅얼거림으로 바뀌었다.

그럴 만했다.

백회혈까지 진기가 솟구칠 만큼 강한 주화를 이끌어 내려면 우선 극양의 기운이 있어야 하는데, 그토록 강한 양기는 타고나거나 애초에 양공을 수련한 자가 아니면 불가능한 것이었다.

게다가 그리한다면 채 촌음이 지나기도 전에 기혈이 뒤틀리고 전신세맥이 녹아내려 절명하게 될 터다.

그렇기에 강한 음기가 필요하다.

하지만 이 또한 만만치 않은 이유는, 음기가 조금만 빨리 들어가도 뚫린 기혈이 금세 다시 막혀 버릴뿐더러, 조금만 늦게 들어가도 혈도가 견뎌 내지 못하고 칠공에 피를 흘리며 죽게 되기 때문이다.

또한 적게 들어간다면 뇌와 심장에 열이 모여 뇌와 심장이 파열되어 죽고, 많이 들어간다면 영영 의식을 되찾을 수 없게 된다.

그렇기에 그 고명한 의선연가의 상한병마록에서도, 완전히 한 몸처럼 기를 운용할 수 있는 이들이 아니라면 이 방법을 행하는 것을 철저히 금하고 있었다.

"이 아이가 만약 자력으로 깨어난다면 얼마나 걸릴 것 같소?"

독고유도 상당히 위험한 방법임을 눈치 챈 듯, 조심스레 물었다.

옥령은 잠시 망설이는 듯하더니 입을 열었다.

"사실대로 말하자면, 이 아이는 이미 죽었어야 할 몸이에요. 몸속의 진기가 강제로 심장을 뛰고 피를 돌게 하고 있지만, 뇌에까지 그 기운이 닿지는 않고 있어요. 이대로라면 이 아이는…… 죽지 않더라도 깨어나는 것은 힘들지도 몰라요."

"으음……."

독고유는 침음성을 흘렸다.

깨어나지 못하는 것과, 죽음.

조금만 잘못해도 죽게 되는 단 한 가지의 생로.

"할 수 있겠소?"

"예?"

옥령은 귀를 의심하듯 되물었다.

"소저의 무공은 분명 북해의 것. 그렇다면 분명 음한 성질을 지니고 있을 듯하오만……."

"분명 그래요. 하지만 극양의 기를 가진 분이 있을 리가……."

독고유는 대답 대신 한 켠을 바라보았다.

옥령은 그를 빤히 올려다보다 느릿느릿 고개를 돌렸다.

눈을 꿈뻑이던 주합이 둘의 시선에 손가락을 들어 자신을 가리켰다.

"나…… 나……?"

"저 멍청한 사내가……?"

둘의 입에서 동시에 불신의 목소리가 흘러나왔다.

"맞소. 저 녀석이라면 소저에 지지 않는 양기를 가지고 있을 거요."

"후하하! 형님이 아직도 피로가 덜 풀리셨나, 지금 이 주합한테 뭔가 섬세한 일을 기대하는 거요?"

"맞아요! 저렇게 못 미더운 사람한테……."

주합 본인도 기가 찬 듯 웃었고, 옥령도 있을 수 없는 일이라며 고개를 저었다.

그 순간, 헛웃음을 짓던 주합의 눈동자가 옥령의 뒤통수로 향했다.

"아니! 맘이 변했수. 한 번 해 보지."

"뭐예요? 지금 아이의 목숨이 장난감인 줄 아는 거예요?"

옥령이 쌍심지를 켜고 반대했다.

하지만 이미 아이의 한쪽 팔을 움켜잡은 주합이 씨익 웃었다.

"어차피 이대로 두면 죽는다며. 이 주합의 능력을 보여 주겠수."

"아니, 지금 그게……. 치기 어린 생각 그만둬요."

"소저, 나를 봐서라도 한 번 믿어 보시오. 저놈이 저래도 제 몫은 제대로 해내는 놈이오."

독고유까지 나서 주합을 두둔하자 옥령은 황망한 표정으로 주합을 돌아보았다.

"거 봐! 형님도 날 믿으라잖수!"

"아아……. 정말……. 절정고수 둘이 붙어도 될까 말까 한 수법이라구요."

"내가 그 정도도 안 될까 봐?"

"하아……."

티격태격, 아이를 가운데 두고 말싸움을 하는 두 사람.

그들을 차분히 내려다보던 독고유의 한쪽 귀가 순간 움찔 움직였다.

'인기척……!'

독고유의 눈동자가 혈우에게로 향했다.

혈우도 지금까지와 달리 주위를 두리번거리고 있었다.

'적! 암궁이다!'

"참……. 알았어요. 대신, 아이가 죽게 된다면 나도 가만히 있지만은 않을 거예요!"

"아이가 살아나면 나랑 혼인하는 거요!"

"흥! 그건 봐야 알겠지요."

긴장한 독고유와 달리, 두 사람은 아무것도 느끼지 못한 듯 말싸움을 하다 저마다 아이의 한 팔을 붙잡았다.

뒤이어 아이의 손을 타고 흘러드는 기의 흐름이 느껴졌다.

"이런……."

막 둘을 말리려 했던 독고유는 낭패한 기색을 지울 수 없었다.

이미 기를 불어넣기 시작했으니 멈추는 일은 요원해져 버렸다.

"여 소저."

"……?"

독고유가 목도를 뽑아 들며 입을 열자, 여빙이 영문을 알 수 없다는 듯 그를 올려다보았다.

"둘의 호위를 부탁하오."

"……네?"

"그리고 혈우야!"

"응!"

여전히 어리둥절해 하는 여빙과 달리, 혈우는 자신 있게 고개를 끄덕였다.

"너는 나를 엄호해 다오!"

"응!"

사아아아―

이윽고 냉기를 가득 담은 바람이 한바탕 몸을 휩쓸고 지나가자, 여빙도 바람에 휩쓸려 온 살기를 감지한 듯 안색이 창백해졌다.

어쩐지 부끄러운 기색이 있던 지금까지와는 달리 차가우리만큼 창백해진 모습.

"온다!"

독고유가 목도를 움켜쥐며 외치자, 혈우가 자연스레 그가 선 뒤쪽에 자리를 잡았다.

중앙에 주합과 옥령을 두고 앞뒤로 대치한 형국이다.

"이놈! 오늘에야말로 목을 내놓아라!"

그 순간, 대갈한 음성이 울려 퍼지며 피처럼 붉은 검기가 노도처럼 공기를 찢으며 날아들었다.

콰콰쾅!

독고유의 목도가 손아귀 안에서 핑그르 돌며 검기와 맞부딪치자 붉은 섬광이 번뜩이며 폭음이 터져 나왔다.

독고유는 뒤로 밀려나지 않기 위해 이를 악물며 기운을 북돋았다.

폭의 기운이 당장이라도 터져 나갈듯 전신으로 퍼져 나갔다.

"나와라!"

독고유가 노성을 내지르자, 숲의 나무들이 일제히 몸을 떨었다.

"흥! 본좌의 일 할 공력을 막아 낸 것이 그리도 자랑스럽더냐!"

곧 굵직한 일성을 토해 내며 백색의 갑주를 두른 대장군이 솟구쳐 올랐다.

암궁 오호대장군의 필두, 혈좌염라(血挫閻羅) 구광영(龜光榮)!
독고유를 광동까지 몰아넣었던 바로 그였다!

"악!"
"윽!"
절대 고통스러운 신음을 흘리지 않는 암궁 무인들의 입에서 단말마의 신음이 연신 터져 나왔다.
그 사이를 누비는 작고 새하얀 신형.
혈우.
터틱!
"큭!"
꺼지듯 몸을 숙인 혈우의 쌍장이 각각 좌우에 선 무사들의 복부로 파고들자 작은 신음과 함께 눈을 까뒤집으며 쓰러졌다.
일격에 단전이 파괴당했다.
하지만 죽지는 않았다.
왜일까?
혈우가 무절제하게 살초를 펼치지 않다니.
타타탓!
혈우의 신형은 단 한시도 쉼 없이 주합과 옥령의 주위를 빙글빙글 돌았다.
그 원 안에 들어가려 하는 적들은 여지없이 일격에 단전이 부서지거나 기혈이 역류해 쓰러졌다.

쐐에엑!

그런 혈우 탓에 잠시 멈칫했던 무사들이 일제히 달려들었다.

그 순간, 일순 움직임을 멈추었던 혈우의 신형이 눈부신 백광을 내뿜었다.

퍼버버벅!

그 모습을 바라보고 있던 여빙은 저도 모르게 눈을 비볐다.

혈우의 신형이 삽시에 수백으로 분해 달려드는 모든 무사들에게 일장을 내지르는 것처럼 보였기 때문이다.

"큭!"

"크읏!"

하지만 다음 순간, 그것이 허상이 아니었음을 깨달았다.

움직임을 멈춘 무사들이 둥근 원을 그리며 허물어졌던 것이다.

"대단해…… 도대체……?"

열두세 살이나 되었을까 싶은 아이의 신위라고는 믿을 수 없는 경지였다.

그녀는 두 사람을 지켜야 한다는 본래의 취지도 잊은 채 혈우의 움직임을 좇았다.

콰이앙—!

하지만 다음 굉음은 전혀 다른 곳에서 터져 나왔다.

그녀의 고개가 충격파가 터져 나온 곳으로 돌아갔다.

끝없이 몰려드는 암궁 무사들 사이에서도 횅하니 비어 있는 공터와, 그 안에서 한데 뭉쳐 치열한 접전을 벌이고 있는 두 사내.

용호상박이란 말이 딱 어울리는 접전이었다.

독고유의 목도가 만들어 내는 백광과 구광영이 혈검으로 만들어 내는 적광이 한 치도 물러섬 없이 몰아치고 있었다.

어째서 저들의 주위에만 암궁 무사들이 접근하지 못하는 것일까.

저들이 뿜어내는 가공할 기파 때문일까?

그것은 아님에 틀림없었다. 여빙의 눈에 적들은 개개인이 일류 이상의 실력을 지닌 자들뿐이었으니, 저들의 공격에 몸을 보전하지 못할 리 없었다.

'도대체…… 이 싸움은……? 대협의 정체는 도대체 뭐지? 이 적들은……?'

일진광풍을 토해 내며 목도를 휘두르는 독고유.

그를 바라보는 여빙의 눈동자에는 경악과 의문이 가득 서려 있었다.

도대체 이들은 누구에게 쫓기고 있었던 것일까.

콰앙! 콰앙!

목도와 혈검이 맞부딪칠 때마다 폭음이 터져 나왔다.

항상 여유로워 보이던 구광영이지만, 지금은 그 얼굴에서 여유를 찾아볼 수 없었다.

아니, 오히려 시간이 지날수록 경악하고 있는 기색이 역력했다.

암궁 내에서도 다섯 손가락 안에 드는 고수인 그다.

절정의 단계에 오래전에 들어서 강기를 자유자재로 구사하며, 그가 마음만 먹는다면 강호의 한 문파 정도는 손쉽게 박살 내 버릴 수도 있었다.

한데 이 사내는 무엇인가!

두 암영(暗靈)의 명에 따라 처음 이 사내를 쫓았을 때는 전혀 알지 못한 강함이 이 독고유란 자에게는 있었다.

'치잇, 이럴 줄 알았으면 다른 녀석들과 함께 오는 것인데……!'

이제는 혼자가 된 암영의 명에 자신만만하게 달려 나온 그였지만, 지금은 후회가 가득했다.

이 사내의 강함은 결코 가짜가 아니었으니까.

'이건 어떠냐!'

전력을 다해 독고유를 밀어낸 그의 검이 짙은 혈광을 머금었다.

그 순간 삽시에 붉은 반월(半月)이 수십으로 불어나 독고유의 주위를 빼곡히 매웠다.

'혈광분월(血光分月)!'

만상혈화검(萬象血化劍)의 다섯 초식 중 삼초에 해당하는 초식이었다.

암왕이라 할지라도 상처 없이 혈광분월을 막아 내지는 못하는 가공할 위력을 지니고 있다.

쿠콰콰콰쾅!

독고유의 몸을 찢어발길 듯 날아든 반월이 그의 백광을 갈가리 찢어발기며 폭발했다.

주위가 붉게 변하는 가운데, 독고유의 도복이 찢겨져 흩날리는 것이 그의 눈에 비추었다.

'성공이다! 그대로 죽어라!'

구광영은 검에 더욱더 내력을 불어넣으며 마음속으로 외쳤다.

죽어라! 이대로 갈가리 찢겨 핏덩이가 되어라!

쩌어억!

하지만 그 득의양양한 외침은 오래가지 못했다.

그의 귀에만 들릴 만한 작은 파열음.

구광영은 찢어질 듯 눈을 부릅떴다.

'아, 아닛……!'

쩌저적!

검강이 만들어 내는 막을 뚫고 나온 한 줄기 백광!

쩌저저정!

이내 그 작은 파열음은 뇌성벽력과 같은 굉음으로 바뀌었고, 그의 강막은 마치 거미줄 같은 균열을 일으키며 부서졌다.

'이건, 이건 말도 안 돼!'

새하얀 도강이 구광영의 전신을 하얗게 물들였다.

"아…… 하아아……!"

한곳으로 모여 있던 집중이 흐트러지며 전신의 힘이 추욱 빠졌다.

옥령은 저도 모르게 흘러나오는 신음을 주체하지 못하며 풀썩 몸을 뉘었다.

정말 믿을 수 없는 일이었다.

소년의 혈도에 그녀의 의식이 와 닿은 순간, 전에는 단 한 번도 느껴 본 적 없는 뜨거운 기운이 확 밀려들었던 것이다.

그 기운은 단숨에 소년의 혈도를 타고 백회까지 밀려 올랐다.

그 기세가 마치 화룡이 승천하는 것 같아, 그녀도 지체하지 않고 기운을 밀어 넣었다.

경악할 지경이었다.

그녀의 공력을 모조리 쏟아 부어도 역부족이어서, 그녀가 저도 모르게 주합의 의식을 향해 버럭 외쳐야 했던 것이다.

'그만 해! 멍청이!'

간신히 주합이 힘을 억누르고 나서야 비로소 음양합일을 이룰 수 있었고, 소년의 몸 안에 들어찬 기운을 온전히 그녀의 뜻대로 다스리는 데에 얼마의 시간이 걸렸는지 알 수 없을 지경이었다.

그리고 비로소 소년의 기가 전신에 원활히 돌고 있음을 느꼈고, 채 일 할도 되지 않는 대법이 성공했다는 사실에 경악하며 정신을 차릴 수 있었다.

"하아…… 하아…… 어어……?"

숨을 몰아쉬던 그녀는 문득 볼을 적시는 끈적한 기운에 실눈을 떴다.

붉다.

"이게 뭐야!"

화들짝 놀란 그녀가 얼굴을 닦으며 몸을 일으켰다.

그녀의 볼에 와 닿았던 것은 피였다.

붉은 피.

"……!"

그제야 그녀는 주위를 둘러보았다. 무슨 일이 있었는지, 주위의 풀들이 원형을 그리며 모조리 닳아 있었고, 이십 장 너머의 숲은 나무들이 반절 이상 쓰러져 있었다.

게다가 길 한 켠에 가득 고인 피 웅덩이라니.

그녀의 볼을 적신 핏물은 그곳에서부터 흘러들어 온 것인 모양이었다.

"이게 무슨……? 빙아!"

경악한 듯 주위를 둘러보던 그녀는 여빙의 이름을 부르며 휘익 고개를 돌렸다.

그녀의 동공이 삽시에 수축되었다.

"대협!"

고개를 돌린 곳에는 거의 넝마가 된 도복을 입은 채, 탈진하여 앉아 있는 독고유와, 그런 그의 허리에 자신의 도복을 감아 주고 있는 여빙이 있었다.

싸움이 있었다!

삽시에 정황을 파악한 옥령은 독고유에게로 달려가려는 듯 몸을 일으켰다.

피잉!

"으읏……."

하지만 일어서려는 순간 세상이 핑글 돌아 그녀는 다시 무릎을 꿇을 수밖에 없었다.

대신 독고유가 그녀를 바라보았다.

"대법은 성공하였소?"

"암습인가요? 누가……? 빙아?"

옥령은 그의 물음에 대답하지도 않은 채 연달아 물었다.

여빙을 바라보았지만 여빙도 고개를 저을 뿐이었다.

게다가 혈우는 어느새 잠이 들었는지 고로롱고로롱 코까지 골아 대고 있었다.

"회의인들이었어. 대협께서 대장을 죽였고, 그들은 그제야 후퇴했어."

여빙이 짤막하게 설명했다.

그제야 옥령은 독고유의 상처가 적의 수장을 죽이며 입은 것임을 알았다.

"대법은 성공했소?"

"네, 성공했어요."

"잘……되었군……."

그녀가 빙긋 웃으며 대답하자, 독고유는 안도한 듯 한숨을 내쉬며 풀썩 쓰러졌다.

드르렁!

이내 그가 코를 골기 시작하자, 그를 간호하던 여빙이 까르르 웃음을 터뜨렸다.

"빙아, 도대체 무슨 일이야? 무슨 일이 있었던 거야?"

옥령이 연신 그녀를 채근했다.

북해빙궁의 궁녀이자, 차기 궁주 후보인 두 여인이었지만 나이도 어릴뿐더러 강호에 대한 경험도 부족했다.

더불어 이 둘은 다른 궁인들에게는 없는 강호에 대한 환상이 있었다.

옥령이 눈을 반짝이며 묻자, 여빙은 망설이는 듯하다가 입을 열었다.

"모르겠어. 령아 네가 대법을 펼치는 그 순간부터 암습이 있었고…… 눈으로 봤지만 지금도 믿기지가 않아. 저 꼬마…… 저 꼬마가 우리보다 강해."

"뭐, 뭐어?"

여빙의 말에 옥령은 경악성을 내지르며 혈우를 돌아보았다.

그 순간 머릿속에 스치는 생각!

'대협은 도대체 무엇을 하던 분이지?'

저 주합이라는 외팔 사내도 믿을 수 없는 가공할 무위를 숨기고 있었고, 심지어 자신보다 한참 어린 저 꼬마마저도 경천동지할 무공을 익히고 있는 모양이었다.

그런 이들을 거느리고 있는 독고유란 사내는 도대체 누구일까!

녹림채주 초산의 의형제이며 수룡채주 화익의 지인이라는 것, 죽은 사도오성의 전인이라는 것 외에는 알 수 있는 것이 없는 사내.

아니, 그것만으로도 비범한 사내이긴 했다.

"그래서, 그래서……?"

"적의 수장이 나타났고……!"

말을 잇던 여빙의 목소리가 점점 작아졌다.

그리고 옥령의 뒤로 솟아오르는 검은 그림자.

'적인가……!'

일순 공력을 끌어올리며 황급히 몸을 돌린 옥령은, 이내 황망한 표정이 되어 손을 투욱 떨어뜨렸다.

득의양양한 미소의 주합이 그녀의 곁에 다가서 있었던 것이다.

"성공하면 나랑 혼인하기로 했었지?"

제9장

치욕을 갚다

"여보오—."
"으악! 따라오지 마요! 따라오지 마!"
쫓는 사내와 쫓기는 여인.
독고유는 이제 한숨 쉬기도 지친 듯 아예 고개를 돌려 버렸다.
벌써 하루 종일 저 작당을 벌이고 있으니 지칠 만도 했다.
"여……보?"
이제는 혈우까지 저들에게 가세했다.
종일 뛰어다니는 그들에게 호기심이 생긴 듯, 고개를 갸웃하며 주합에게 다가갔던 것이다.
"여보라니! 형수라 불러라! 형수!"
"형수?"
"그래! 내 색시가 될 사람이니까."
"당신! 애한테 뭘 가르치는 거예요!"
주합이 헤벌쭉 웃으며 옥령을 바라보자, 옥령은 또다시 흠칫 몸을 떨었다.

"형수!"

혈우의 결정타!

"으아앙! 이젠 정말 몰라!"

결국 옥령이 눈물을 흘리며 뛰쳐나가고, 주합이 허겁지겁 그 뒤를 따르는 것으로 일련의 촌극은 막을 내렸다.

"정말 별짓을 다 하는군."

"으으……."

혀를 차며 고개를 돌리던 독고유는 여빙의 표정을 보며 고개를 갸웃했다.

저만치로 달려가는 주합의 등을 사색이 되어 바라보고 있는 그녀.

자기도 저 멍청한 사내의 색시가 될까 두려운 모양이었다.

"푸하하! 걱정하지 마시오. 주합이 저래 보여도 꽤 순정파라오."

"……아."

여빙은 그제야 독고유가 자신을 보고 있음을 깨달았는지 얼굴을 붉혔다.

그러다 화제를 돌리려는 듯 허둥지둥 입을 열었다.

"어, 어제 암습을 가했던 이들의 정체는 무엇인가요?"

"음?"

독고유는 한쪽 눈썹을 치켜떴다.

그러고 보니 이들에게는 보이지 말아야 할 것을 보이고 만 꼴이었다.

혈우의 무위며 암궁 무사들의 존재, 주합의 무공까지.

'……뭐, 언젠가는 말해야 할 것이었지만.'

"그들은 암궁의 무사들이오. 내가 목을 벤 자는 암궁의 오호대장군 중 일인이었고."

"……에?"

독고유는 우선 암궁에 대한 이야기만 드러내기로 마음먹었다.

그의 말을 들은 여빙은 제대로 이해하지 못한 듯 그의 얼굴을 빤히 올려다보았다.

그러다 이윽고 천천히, 느릿느릿 눈을 치켜떴다.

"암궁!"

"……."

"암궁이라고요?"

그녀답지 않은 격한 반응.

하지만 상대가 암궁이니 당연한 반응이기도 했다.

"그렇소."

"어째서? 암궁은 이백여 년 전에 완전히 모습을 감춘 것이 아니었나요?"

"숨은 것뿐이었소."

독고유의 짤막한 대답에 여빙은 입술을 파르르 떨었다.

암궁. 암왕지란의 피해를 직접적으로 입었던 북해빙궁이니만큼, 그 이름이 주는 충격은 결코 사소하지 않을 터다.

"오호대장군이라니……. 아니, 어째서 그들이 대협을 쫓고 있는 거지요?"

"……."

여빙의 물음에 독고유는 그저 씁쓸한 미소를 지을 뿐이었다.

"암궁이라니……. 궁주께…… 궁주께 보고해야……. 어떻게 이곳까지…… 도대체……?"

그녀는 충격에 제대로 정신을 수습하기 힘든 모양이었다.

아무리 광동이 중원의 귀퉁이라고는 하나, 엄연히 강호라 부를 수 있는 곳이었다.

그런 곳에 그토록 많은 암궁의 무사들이 활보하고 다니다니.

이것은 정사 양도의 분쟁은 하찮은 일로 만들어 버릴 수 있을 만큼 대단한 사건이었다.

"안 그래도 궁주에게 이야기할 생각이었소. 암궁이 다시 태동하고 있음을."

"그런……. 아아……."

여빙은 이성을 되찾으려는 듯 연신 심호흡을 했다.

암궁의 태동만으로도 이토록 충격을 받을진대, 혈우가 신마이며 주합이 염마라는 이야기를 어찌할 수 있을까.

독고유는 문득 아주 우스운 상황이 되었음을 깨닫고 피식 실소를 흘렸다.

"이러다 정말 신마니 염마니 천마니 하는 전대의 마두들까지 나오는 것은 아닌가 모르겠어요."

여빙은 모골이 송연한 듯 중얼거렸다.

독고유의 웃음이 커졌다.

"대협은 정말로 대단하신 분이네요."

"무슨 말이오?"

문득 여빙이 독고유를 올려다보자, 독고유는 웃음을 멈추고 그녀를 바라보았다.

반짝이는 듯하면서도 일렁이는 그녀의 눈빛.

'서, 설마?'

그 순간 왠지 불길한 기운이 스치고 지나가 독고유는 침을 꿀꺽 삼켰다.

"여보오오—."

"으아악! 이제 제발 좀 그만 해요!"

그런 독고유의 귓가로 주합과 옥령의 목소리가 조롱하듯 파고들었다.

"아— 하슈. 아—."

"……."

거한의 사내가 내민 수저가 여인의 입속으로 사라졌다.

수저 가득 올려져 있던 죽이 깨끗이 사라졌다.

"이제 괜찮아요. 걱정하지 말아요."

볼이 핼쑥하게 야윈 여인, 초소요는 걱정스러운 표정이 역력한 초석을 올려다보며 애써 미소 지었다.

문추가 동굴 안으로 칩거한 지 한 달이 다 되어 가는 지금, 그녀의 마음고생은 한계를 넘었다 할 수 있었다.

마음뿐만 아니라 몸도 한계에 다다라 있었다.

몇 번이나 가만히 앉아 있다 혼절하는 통에, 초석이 참지 못하고 그녀에게 억지로 음식을 먹였던 것이다.

삼십 리 밖의 마을에서 쌀을 얻어 와 직접 죽을 만드는 정성까지 보인 통에, 그녀는 거절하지도 못하고 넙죽넙죽 받아먹을 수밖에 없었다.

하지만 이미 몸과 마음이 걱정으로 피폐해진 그녀에게 그 어떤 음식인들 모래를 씹는 듯하지 않을까.

"에휴……. 이건 무슨 내가 부처가 된 것도 아니고……. 고행이네, 고행."

반쪽이 된 초소요의 얼굴을 보며 한숨을 내쉬던 초석이 뿌득 소리가 나게 이를 갈았다.

산에서의 생활은 정말 상상 이상으로 너무나 힘들었다.

그 참을성 있는 교리와 교궁 형제조차 얼마 전부터는 직접 사냥을 하여 식량을 조달하기 시작하였잖은가.

가녀린 여인의 몸으로는 그보다 더 힘들 것이 틀림없었다.

"도대체 큰형님은 죽은 거야, 산 거야! 젠장! 죽었으면 혼령이라도 나와서 기별을 줘야 할 거 아니야!"

"살……았다."

"……!"

대경하여 불만을 토로하는 그 순간, 초석은 등 뒤에서 가느다랗게 들려온 목소리에 퍼뜩 놀라 고개를 돌렸다.

"큰형님!"

이내 그의 신형이 죽이 든 그릇을 내던지며 산 위로 달려 올라갔다.

석굴의 입구에서 창백하게 질린 문추가 비틀비틀 걸어 나오고 있었던 것이다.

"살아 있었구만! 살아 있었어!"

"살기 위해 들어갔으니 살아 나와야지."

초석이 황급히 문추를 안아 들자, 문추는 희미한 미소를 지으며 그를 바라보았다.

"늦어서 미안하구나. 이제야 돌아왔다."

초소요는 문추의 얼굴을 보자마자 목 놓아 울었.

그의 얼굴이 야윈 것이 슬퍼서가 아니라, 석굴에서 나온 그의 기도가 사부님의 그것처럼 변하였기에.

돌아가신 사부님이 생각나고, 문추가 하고자 하는 바가 떠올라서, 쌓여 있던 그 모든 감정이 폭발하여 한 식경이나 눈물을 쏟아 내었다.

그러다 정말 쓰러진다고 연신 다독이던 초석도 나중에는 지쳤는지 그저 그녀의 눈물을 닦아 줄 뿐이었다.

"미안하구나."

문추는 그런 그녀에게 미안하다는 말밖에는 하지 않았다.

말수가 적은 것은 본래의 그다웠으나, 그 내용들은 그답지 않아 초석은 연신 놀라움을 삼켜야 했다.

치욕을 꿇다 227

교리와 교궁은 아무 말 없이 신형을 날려 멧돼지를 한 마리 잡아왔다.

이내 모닥불이 피워지고, 멧돼지가 노릇노릇하게 구워졌다.

"아, 거, 가끔 나와서 얼굴이라도 비추고 그러지 되게 비싸게 구셨소!"

"시간이 많이 지났느냐?"

"뭐요?"

뜬금없는 문추의 물음에 초석은 먹는 것도 잊고 그의 얼굴을 바라보았다.

"내가 들어간 후로 시간이 많이 지났느냐?"

"아."

문추가 재차 묻자 초석은 그제야 이해한 듯 고개를 끄덕였다.

"그렇다마다! 두 번 말하면 입이 아프우! 내일이 딱 한 달째였소!"

"아아……. 그리도 많이 지났구나. 나는 칠 주야나 되었을까 하였던 것을……."

문추는 자신이 시간의 흐름을 잊었었음을 그제야 깨달았다.

세상을 잊고 자신을 잊어 천지에 스며들었던 그다.

강호를 한눈에 내려다보고 저 먼 색목인들의 나라까지도, 끝없는 별들뿐인 하늘 높은 곳까지도 올라갔었다.

그렇게 점점 모든 것에 동화되고 흩어져 간 순간, 그는 비로소 깨달음의 단초를 얻을 수 있었다.

검의 극으로 향하는 한 줄기 실.

그것을 붙잡는 순간 다시 스스로를 되찾을 수 있었다.

절정(絶頂).

그 꿈만 같던 경지에 오른 순간이었다.

"그래, 그 안에 틀어박히니 뭐가 좀 보입디까?"

문추가 하나의 높은 벽을 허물었음을 깨달은 초석이 비실비실 웃으며 물었다.

문추는 대답 대신 검을 뽑아 들었다.

낡디낡은 검.

하지만 그의 손에 쥐어진 것만으로도 창백한 예기를 흘렸다.

그러다 선홍빛의 빛무리가 아지랑이처럼 모여들었고, 이내 한 가닥 한 가닥 늘어나 사를 만들어 내었다.

그렇게 한도 끝도 없이 길어지던 사가 문득 둥글게 모이더니 짙은 선홍빛의 덩어리를 이루었다.

강(罡).

검의 극을 잠시라도 엿본 자들만이 구현해 낼 수 있다는 그것.

"잠만 잔 건 아니었나 보구만!"

혀를 내두른 초석이 감탄을 연발했다.

하지만 그와 반대로 초소요의 안색은 더욱더 어두워졌다.

강해졌다.

검을 잡은 이가 강해졌다는 것은, 곧 붙잡을 수 없는 곳까지 가 버렸다는 말과 마찬가지였다.

정말 막을 수 없다.

사부님을 보낼 때처럼 그렇게, 이제는 사형이 그 뒤를 따르려 함을 막을 수 없게 되어 버렸다.
"그렇게 슬픈 표정 짓지 말거라. 좋지 않으냐. 처음 이곳에 올랐을 때, 살 수 있을지도 모른다는 생각을 하게 되었다."
문추는 그런 그녀의 머리를 쓰다듬으며 얼굴 가득 웃음 지었다.
초소요는 또다시 눈물이 솟아오르는 듯 먹은 것도 없이 꿀꺽 목젖을 놀렸다.
"사형……."
문추의 미소가 사부님의 그것과 너무나 같아졌다.
이미 그의 몸에 사부님의 혼이 깃든 것 같았다.
"그래, 큰형님도 다시 나왔고 했으니 이제는 몸 좀 풀 수 있다는 말이겠지?"
어색한 분위기를 파해 보려는 듯, 초석이 팔을 휘휘 내저으며 소리쳤다.
문추가 고개를 끄덕이자 그는 신이 난 듯 말을 이었다.
"어디로 갈 거요, 어디? 곧장 맹으로 쳐들어가서 몽땅 다 아작을 내놓기라도 할 거요?"
"아니, 그전에 대형께 인사를 드릴 생각이다."
"대형? 지금 대형이 어디서 뭘 하고 있는지 알고?"
"글쎄……. 알 것도 같구나."
어떻게 안다는 것일까?
도무지 이해할 수 없는 문추의 말에 초석은 고개를 갸우뚱 내저었다.

아닌 게 아니라, 문추는 정말로 보았다.

무의식의 상태에서 중원을 관조하는 가운데, 분명 독고유의 모습을 보았다.

그는 공교롭게도 광동 땅에 있었다.

쫓기다가 싸우고 있었고, 그러다 어느 순간 강서 땅으로 향했다.

강서, 그곳에 가면 대형이 있다.

"강서. 강서로 가자."

"강서? 도대체 무슨 배짱으로 강서 땅에 대형이 있다는 거요? 엉? 먹지만 말고 말 좀 해 주쇼!"

짤막하게 말을 마친 문추가 다시 고기를 먹기 시작하자, 초석은 한참이나 채근하다 결국 다시 먹는 것에 열중할 수밖에 없었다.

독고유는 문득 가슴 한 켠이 뜨끔하여 걸음을 멈추었다.

이상한 일이었다.

혹, 그와 관련된 누군가에게 변고라도 생긴 것일까?

"여보오―."

"아악! 정말! 그 여보 소리 좀 그만 해요!"

"하지만 그렇게 하기로 했잖수? 흐흐흐! 여보!"

"죽여 버릴 거예요!"

"호, 이젠 막말까지? 좋구만! 이렇게 벽을 허물어 가는 건가?"

하지만 그것은 기우에 불과한 듯했다.

아무래도 저 두 사람의 다툼이 아침부터 계속된 탓에 없던 통증이 생긴 모양이다.

주합은 정말 옥령에게 단단히 반했는지, 아니면 작정하고 마음을 먹은 건지 그녀를 여보라 부르고 있었고, 옥령은 그녀의 취향과는 전혀 거리가 먼 주합이 치근덕거리는 것에 반쯤 미쳐 가고 있었다.

더불어 혈우까지 그녀를 형수라 부르고 있었으니……. 그녀에게는 정말 첩첩산중이나 다름없었다.

여빙도 암궁이 다시 강호를 활보하기 시작했다는 것에 대한 충격 탓인지 눈에 띄게 말수가 줄어들었고…….

"어쩐지, 좀 편하게 간다 싶었지."

답답한 것은 독고유뿐이었다.

강서 땅의 사도련 거점까지는 앞으로 닷새.

그동안 계속 이렇게 이어진다면, 독고유의 인생에 처음으로 의제를 죽이는 일이 발생할지도 몰랐다.

"아악! 대협! 제발 저 멍청이 좀 어떻게 해 주세요!"

"앞으로는 이왕이면 멍청이 대신 서방님으로 해 주시우."

사색이 된 옥령이 독고유에게 매달렸다.

독고유가 짜증스레 눈썹을 찌푸리는 일과는 전혀 관계없이, 주합은 옥령을 사랑스레 내려다보며 빙긋 미소 지었다.

그 순간이었을까, 독고유는 머릿속의 무언가가 뚜욱 끊어지는 느낌을 받았다.

"적당히 좀…… 하지…… 못하겠느냐?"

독고유가 심호흡을 하며 목도를 뽑아 들자, 그제야 주합은 사태가 파악이 된 듯 흠칫 뒤로 물러섰다.

하지만 정신을 차린 것은 주합뿐만이 아니었다.

"으……. 으으……."

주합의 등에 묶여 있던 아이의 입에서 작은 신음 소리가 새어 나왔다.

순간 주합과 옥령, 여빙의 눈동자가 일시에 소년에게로 향했다.

"정신이 들었나 봐! 정신이!"

"빨리 이것 좀 풀어 주시오!"

화등잔만 하게 눈을 부릅뜬 옥령이 주합에게로 달려들고, 주합 또한 여느 때보다 빠른 속도로 몸을 묶은 천의 매듭을 풀어 나갔다.

덕분에 다시 이성을 되찾은 독고유도 신음을 흘리는 아이에게로 시선을 옮겼다.

"으윽……. 형……. 형……!"

아이는 여전히 생사의 기로에 선 듯, 잠꼬대 같은 신음을 흘렸다.

삽시에 몸에는 식은땀이 흥건히 젖어 들고 불덩이처럼 열이 올랐다.

"뭐야, 뭔가 잘못된 거요? 어?"

아이의 이마에 손을 얹어 본 주합이 허둥지둥하며 옥령을 바라보았다.

하지만 옥령은 안도의 한숨을 내쉬고 있었다.

"다행이에요. 열이 오르는 것은 지독한 부상의 후유증일 뿐, 이제야 몸의 신진대사가 원활해졌다는 증거예요."

"그, 그렇소?"

그녀의 말에 그제야 주합도 안도의 한숨을 내쉬었다.

그로부터 일각 후.

아이의 머리맡에 쪼그려 앉은 혈우가 나뭇가지로 아이의 볼을 쿡쿡 찌르고, 그 옆으로 독고유와 여빙, 옥령과 주합이 둥글게 머리를 맞대고 앉아 아이가 깨어나기만을 기다리고 있었다.

"형…… 가지 마……."

잠꼬대를 하던 아이의 눈이 가늘게 뜨였다.

하지만 아직 온전히 정신이 돌아온 것은 아닌 듯, 동공이 커졌다 작아졌다를 반복하며 허공을 응시했다.

"같이 가…… 형……."

허공을 향해 손을 뻗던 아이의 동공이 점점 작아졌다.

의식이 또렷해지고 있다는 증거였다.

"……."

그러다 두 눈동자가 완전히 생기를 되찾자, 아이는 팔을 투욱 떨구었다.

옹기종기 머리를 마주 댄 채 자신을 내려다보는 사람들.

"으아악!"

"히익!"

"꺄악!"

별안간 비명을 내지른 아이가 황급히 뒤로 물러서자, 덩달아 그를 내려다보던 이들까지 화들짝 놀라 뒤로 엎어졌다.

아이는 충격과 경악이 반반 뒤섞인 눈빛으로 독고유와 다른 이들을 훑어보았다.

아이의 눈썹이 구겨졌다.

황급히 가슴팍에 손을 가져간 그는 자신이 아무 옷도 입고 있지 않다는 사실을 깨닫자 적개심을 드러내었다.

"어쭈? 이게 눈을 부라리네?"

그 적개심에 가장 먼저 반응한 것은 다름 아닌 주합.

주합은 한쪽 눈썹을 찡그리며 소년을 노려보았다.

"쪼끄만한 게, 살려 줬더니 고맙다고 절을 하진 못할망정 죽일 듯이 노려봐? 콱! 눈 안 깔아?"

"에이, 정말! 멍청하긴! 그러면 애가 더 무서워하잖아요!"

소년이 으르렁대며 뒤로 물러서자 옥령이 핀잔을 주고는 고개를 돌렸다.

"얘야, 몸은 좀 괜찮니? 오랫동안 정신을 잃고 있어서 걱정했단다."

"손대지 마!"

어깨를 향해 내뻗는 옥령의 손을 거칠게 쳐 낸 소년은 한 발자국 더 뒤로 물러서며 살기를 흘렸다.

옥령은 손등을 매만지며 한숨을 내쉬었다.

"아무래도 생각보다 더 깊은 사연이 있는 녀석인가 보군."

모든 상황을 가만히 바라보던 독고유가 입을 열었다.

아이는 마치 짐승처럼 으르렁대며 주먹을 쥐어 보였다.

다가오지 말라는 신호.

"네 녀석을 구한 건 바로 우리다. 생명의 은인에겐 고맙다고 하는 것이 먼저 아닌가?"

"거짓말! 궁에서 보낸 자들이지?"

소년은 노골적인 불신을 드러내며 소리쳤다.

순간 독고유의 안면이 굳어졌다.

'궁? 암궁에서 탈출한 아이인가?'

이 아이도 암궁에서 길러진 아이인가.

독고유는 더 말을 잇지 않은 채 고개를 돌렸다.

"못 믿겠다면 믿지 않아도 좋다. 하지만 나는 거짓말을 하고 있는 것이 아니야. 네가 이야기를 해 준다면 널 도울 수도 있다."

"거짓말……."

아이는 한 발자국 더 물러나며 고개를 저었다.

주합과 옥령이 탄식의 한숨을 내쉬었다.

어째서 저토록 사람을 믿지 못할까.

도대체 어떤 고초를 겪은 아이일까.

"믿고 말고는 네 자유겠지. 그만 가자."

독고유는 지체 없이 몸을 일으켰다.

그리곤 다시 걷기 시작하니, 남은 일행은 황망하게 독고유와 아이를 번갈아 바라볼 수밖에 없었다.

"형님! 같이 갑시다!"

이내 주합이 그의 뒤를 따랐고, 옥령과 여빙도 그 뒤를 따라 걸음을 옮겼다.

"……."

그들의 뒷모습을 노려보던 소년은, 문득 한 사람이 아직 가지 않고 남아 있음을 깨달았다.

같은 나이 또래의 소년.

누구보다 반짝이는 눈동자를 지닌 소년, 혈우였다.

혈우는 물끄러미 그를 바라보다 그의 곁으로 다가섰다.

"자, 받아."

혈우가 내민 것은 그의 볼을 찌르던 나뭇가지.

소년은 영문도 모른 채 그것을 받아 들었다.

"나쁜 사람들 아냐. 형님, 아저씨, 강호에서 제일 멋있어."

자신을 바라보는 소년에게 말한 혈우는 씨익 웃어 준 후 다시 몸을 돌렸다.

이내 저만치의 일행에게로 달려간 혈우.

"……."

혼자 남겨진 소년은 손에 쥐어진 나뭇가지와 앞서 가는 이들을 번갈아 바라보았다.

믿을 수 없다.

이제는 그 누구도 믿을 수 없다.

비정강호(非情江湖).

그 말의 의미를 이제야 알 것 같다.

'살아라.'

형들은 그렇게 말했다.

날 살린 건 저들이 아니라 형들임에 틀림이 없다.

그런데 왜 거짓말을 하지?

아니, 왜 죽이지 않은 거지?

외팔이 사내는 배은망덕한 놈이라 했고, 예쁜 여자는 걱정했다 했다.

아가씨.

아가씨가 떠오르는 여자다.

백의 사내는 믿건 말건 맘대로 하라 했고, 꼬마는 최고로 멋진 사람들이라 했다.

어느 하나 믿음 가는 이 없지만, 왠지 멀어져 가는 등이 한결같이 굳건해 보인다.

가 볼까?

손에 쥐어진 나뭇가지와 멀어져 가는 등.

나뭇가지에 기대야 할까, 저 등을 따라가 보아야 할까.

"윽."

문득 가슴이 뜨끔해 고개를 내려다보았다.

피딱지가 앉아 있다.

흉터 위에 또 상처가 생겨 흉한 자국이 남아 버렸다.

눈을 감아 본다.

한 줌밖에 남지 않은 미약한 진기가 느껴진다.

'살아라.'

형님들의 목소리가 또다시 머릿속을 울린다.

나뭇가지 하나만으로 내가 살아갈 수 있을까?

다시 고개를 들어 등을 바라보았다.

이제는 저 언덕 너머로 사라지려 하는 사내들의 등.

저들을 따라가면 정말 살 수 있을까?

'바보야. 따라가.'

문득 음 형의 목소리가 들려왔다.

가 볼까?

그래, 또 거짓말을 한 거라면 도망치자.

그전까진 따라가 보자.

저들도 그럴지 몰라.

아가씨처럼 믿을 수 있는 자들일지도 몰라.

적어도 내 가슴에 두 번의 상처를 내놓은, 그들하고는 다른 이들일지 몰라.

그래.

가 보자.

"이야, 저 꼬맹이 오지 마 어쩌고 하더니 결국 따라오네?"

십여 장 뒤에서 조심조심 일행을 따르는 소년을 보며 주합이 코웃음을 쳤다.

"따라오는 게 당연하다구요. 안 따라오면 억지로라도 데려오려고 했어요."

옥령이 핀잔을 줬다.

독고유도 말은 않았지만 내심 안도하고 있었다.

궁에서 도망쳐 나온 아이라는 그의 짐작은 시간이 지나자 확신으로 변했고, 그렇다면 곧 저 아이는 대단한 위험에 처해 있는 것이나 마찬가지였다.

해남도, 그 지옥 같은 섬에서 탈출해 중원에 닿았음에도 가슴에 검을 맞을 정도의 치명상을 입었다.

궁의 추격이 본토에 닿았음을 의미했다.

언제 정사 양도를 척결하기 위해 모습을 드러낼지 모를 지금, 예비 무사들의 탈출은 절대로 막고 싶을 터.

그 본보기로 도주에 성공한 이들을 죽이는 것은, 암궁의 행태를 생각한다면 당연하다고 할 수 있었다.

문제는 저 아이의 마음을 어찌 열게 만드느냐인데…….

"대협."

독고유가 고심에 빠져 있는 찰나, 여빙이 그의 곁으로 다가왔다.

그녀는 혹여 옥령이 들을까 목소리를 한껏 낮추며 물었다.

"저 아이가 말한 궁이 암궁이 맞나요?"

"아마 그런 듯싶소."

"아……."

여빙은 흔들리는 눈빛으로 아이를 돌아보았다.

마음이 아픈 모양이다.

저토록 어린 아이가, 저토록 심한 상처를 입었으면서도 도망치고자 하는 곳.

암궁.

지옥보다 더한 곳일까.

"우선은 비밀을 지키겠습니다. 궁주께는 대협이 잘 말씀해 주세요."

여빙은 그간 흔들리던 마음을 그제야 굳힌 듯 독고유를 올려다보았다.

독고유는 고개를 끄덕였다.

다행이다.

넓은 세상과 많은 일들을 받아들일 줄 아는 이들을 사절로 보낸 연청하의 선택이 고맙기까지 했다.

"아차! 여보!"

"그만 해요! 정말 혀를 잘라 버리던가 해야지!"

"내 혀를 잘라도 이미 결정된 사실은 변하지 않소!"

"그럼 자결할 거예요!"

어쩐지 잠잠하다 했다.

다시 시작된 두 사람의 목소리에 독고유는 결국 두 눈을 질끈 감아 버렸다.

제10장

곪은 원한은 마침내 아귀다툼으로 이어지고

한낮의 산속.

일련의 무인들이 산을 오르는 가운데, 문득 굵은 나뭇가지의 그늘에서 검은 그림자가 일렁이더니, 별안간 불쑥 솟아오르며 사내의 인영을 만들어 내었다.

나뭇가지에 거꾸로 매달려 그림자에 몸을 숨긴 채 무인들의 모습을 주목하는 사내.

허리춤의 사슬낫이 사내의 정체를 알려 주고 있었다.

음월사신, 미안. 살문의 오대살수 중 일원인 바로 그다.

"호오— 웬 계집들이 따라붙었는걸?"

그가 보고 있는 무인들은 바로 독고유와 그 일행.

전보다 늘어난 인원에 눈을 빛내던 그가 문득 옆으로 고개를 돌렸다.

그가 매달려 있는 나뭇가지 위에 몸을 기댄 또 한 명의 사내가 미안을 내려다보고 있었다.

"문주께서 어떤 놈이 염 자의 주인인지 알아내라 하셨는데?"

생글생글 웃는 얼굴의 사내.

짐짓 착해 보이는 인상을 줄 수도 있었으나, 웃는 얼굴은 마치 그 표정 그대로 고정된 듯 조금의 미동도 없었고 반달 모양의 눈꺼풀 안에는 더없이 차가운 눈동자가 번뜩이고 있었다.

미안의 인상이 파악 구겨졌다.

같은 오대살수 중 일원이라고는 하나, 결코 함께 다니고 싶지 않은 녀석이었기 때문이다.

저리 웃는 얼굴을 하고 있으나 막상 실행에서는 그 누구보다도 잔인하고 독랄한 자.

누구보다 뛰어난 비도술을 지니고 있으면서도 결코 상대를 일격에 죽이는 일이 없는 살인광.

벽월사신(劈月死神) 소명(笑冥).

"알고 있다고, 에이, 문주는 왜 또 이 녀석이랑 한 조에 붙여 준 거야? 하긴, 다른 한 녀석이 더 이상한 녀석이긴 하지만."

미안은 투덜대며 다시 독고유 일행에게로 시선을 옮겼다.

유난히 눈에 띄는 거한.

타는 듯한 붉은 도복과 펄럭이는 오른 소매.

저자가 염 자의 주인일 터다.

"문주께서 알아내고 나면 어쩌라고는 안 하시디?"

"죽이랬어. 염 자의 주인만 살려 끌고 오라시고."

소명의 미소가 더욱 짙어졌다.

미안은 고개를 저었다.

무슨 생각을 하고 있는지 빤히 읽히는 것 같았다.

다른 이들은 희롱하다 죽이고, 염 자의 주인은 목숨만 빼앗지 않은 채 팔다리의 근맥을 자르고 문주에게 데려가려 할 터다.

마음에 들지 않는다.

상대가 채 인지하기도 전에 죽이는 것이 진정 살수로서의 본보기라 할 수 있을 터인데.

"수하들은? 또 우리 둘만 달랑 두고 저놈들과 붙어라 이런 건 아니겠지?"

"일류로 삼백."

"삼백? 그거밖에? 예전에 천라지망도 뚫어 낸 놈들이라고 하지 않았었나?"

"우릴 믿으시는 거겠지."

소명은 또다시 씨익 웃었다.

우리라고는 하나, 나라 생각하고 있음이 분명하다.

"알았다고. 진이나 잘 짜 둬. 곧 가지."

더 이야기하기 싫어진 미안은 팔을 휘휘 내저었다.

소명은 고개를 끄덕이며 다시 몸을 일으켰다.

그의 신형이 나뭇가지 아래로 뛰어내린다 싶은 순간, 이미 그의 신형은 바람처럼 사라져 흔적도 찾을 수 없게 된 후였다.

"하여간 기분 나쁜 놈이라니까……."

홀가분한 표정으로 독고유 일행을 바라보던 미안의 입에서 혀 차는 소리가 연신 새어 나왔다.

눈에 띄게 시원한 바람이 불어왔다.

강서 땅에 들어왔다는 증거다.

지금까지보다 더욱 험한 산길도 독고유를 맞이했다.

이 역시 강서 땅에 들어왔다는 증거였다.

"여보, 아직도 목적지에 도착하려면 멀었소?"

"나흘 정도 남았어요. 그보다, 궁주 앞에서 그런 말을 했다간 정말 목을 베어 버릴 거예요."

"흐흐흐. 그런 방법이 있었네?"

옥령과 주합을 바라보는 독고유의 눈빛이 기이하게 변하였다.

둘의 사이가 미묘하게 변한 탓이다.

이제 여보 여보 하는 주합의 목소리에 익숙해진 것인지, 아니면 포기한 것인지 옥령은 큰 반항을 하지 않고 있었다.

가서 말을 걸면 퉁명스럽다고는 하나 즉각즉각 대꾸해 주었고, 이전과 달리 도망치는 일도 없어졌다.

덕분에 살맛 나는 것은 주합.

이제는 희로애락을 함께해 온 그에게 말하는 시간보다 옥령을 따라다니는 시간이 더 많아졌던 것이다.

'후……. 왠지 배신감이 드는군.'

그게 괜히 질투가 나는 독고유였다.

'아. 내가 남 말할 처지가 아니지?'

옆에서 느껴지는 인기척.

독고유는 돌아보지 않고도 그 정체가 여빙이라는 것을 알 수 있었다.

이상하게도 여빙은 자신의 곁에 찰싹 붙어 다녔다.

그것이 그 반짝이는 눈빛으로 자신을 올려다본 이후라는 것은 말할 필요도 없다.

'어쩌다 이렇게 되었지? 이러다 옥화린 그 여자가 이 모습을 보게 되면······.'

"사절로 보낸 아이들을 후려? 일단 네놈의 목을 베고 간이 얼마나 부었는지 확인해 봐야겠다."

모골이 송연해졌다.

그 여자가 작심하고 죽이려 달려들면 얼마나 무서울까.

'안 돼. 주합 녀석은 이미 마음이 정해졌으니 그렇다 쳐도, 나까지 얽혀 들어서는 안 되지.'

"저······. 소저."

"네? 네에."

여빙은 그의 부름에 화들짝 놀란 표정을 지었다.

마치 전혀 신경 쓰지 않았다는 듯한 태도.

하지만 얼굴에 가득 떠오른 당황스러운 빛은, 독고유의 짐작이 틀리지 않았음을 말하고 있었다.

"내 나이가 몇인지 아시오?"

"네, 네에……?"

뜬금없는 독고유의 질문에 여빙은 눈을 동그랗게 뜨며 그를 올려다보았다.

이내 그녀의 눈동자가 차분히 그의 얼굴을 훑었다.

"약관을 갓 넘기신 것 같은……."

"하하하하, 소저는 나이가 어떻게 되오?"

겉은 그러나 속은 이순(耳順)이 넘었음을 이 여인이 어찌 알까.

독고유의 웃음의 저의를 알 수 없는 여빙은 내심 다른 생각을 하며 고개를 숙였다.

혹시, 독고유도 자기를 마음에 들어 하는 것이 아닐까?

"이제 갓 묘령을 넘었어요."

여인의 나이 묘령이면 혼기가 가득 찼다 할 수 있었다.

아니, 어찌 보면 이미 한두 살의 아이를 보았을 나이이기도 하다.

"하하, 내가 혼례만 제대로 올렸었다면 소저만 한 딸이 있었을 것을……."

의미 모를 말을 중얼거린 독고유가 앞서 걸어 나가자, 여빙은 고개를 갸웃하며 그를 바라보았다.

"……딸?"

하나의 봉우리를 넘자, 산의 분위기가 사뭇 차갑게 가라앉았다.

왁자지껄 떠들던 일행도 하나 둘씩 입을 다물었다.

유달리 스산한 산의 기운 때문이었다.

"으음……."

독고유도 한 걸음 한 걸음을 옮기면서 신경을 바짝 곤두세웠다.

이토록 지세가 어지러운 곳에서는 복도 화가 되는 법이다.

조심해서 나쁠 것은 없었다.

"귀신이라도 나올 것 같고만."

"왜요, 무서워요?"

"흐흐! 색시 될 사람이 옆에 있는데 무서울 게 뭐 있겠수."

주합은 옥령의 말에 더욱더 가슴을 펴며 앞서 나갔다.

옥령은 홍! 하는 코웃음을 치면서도 주합의 뒤를 따랐다.

이제 색시니 여보니 하는 말은 코웃음을 치며 흘려들을 수 있게 된 그녀에게, 오히려 주합은 든든한 호위나 마찬가지였다.

그때 느꼈던 그 뜨겁고도 강렬한 내공!

필시 곁에 있으면 험한 꼴은 당하지 않으리라.

게다가 무슨 정분이 싹튼 것인지 그 수줍음 많은 여빙도 독고유의 곁에 찰싹 붙어 떨어지지 않고 있었다.

"꼬마야. 이곳은 산세가 좋지 않으니 조금 가까이 걷거라."

행렬의 끄트머리에서 걷고 있던 독고유가 불현듯 고개를 돌려 외쳤다.

십 장여의 뒤에서 그를 따르던 꼬마가 황급히 나무 뒤로 숨는 것이 보였다.

여전히 경계하는 눈빛.

하지만 요 며칠 사이에 변한 것이 있다면 경계하는 가운데 호기

굶은 원한은 마침내 아귀다툼으로 이어지고 251

심이 싹텄다는 것이었다.

그것이 호조(好調)라고 생각한 독고유는 아이가 더 다가오지 않아도 더 이상 뭐라 하지 않았다.

"여기 아무래도 이상해."

주합의 어깨 위로 훌쩍 뛰어오르면서 혈우가 주위를 살폈다.

순간 주합과 독고유의 안색이 딱딱하게 굳었다.

혈우가 이상하다고 하면 정말 이상한 것이다.

뭔가 있다.

"이상하다니? 왜, 귀신이라도 나올까 봐 겁나니?"

옥령이 까르르 웃음을 터뜨렸다.

하지만 혈우는 그녀의 말에 대답하지 않은 채 주위를 계속해서 둘러봤다.

"형님."

"응?"

"여기서 빨리 나가는 게 좋겠어."

"……!"

혈우가 말하자 독고유는 안광을 빛내며 주위를 둘러보았다.

숲길의 가운데에 호리병처럼 형성된 풀밭.

인위적으로 만들어진 것이 아니지만, 만약 암습을 가한다면 이곳이 최적지였다.

스스슥!

역시나.

독고유가 주위를 둘러보기 무섭게, 풀 흔들리는 소리가 간지럽게 울려 퍼졌다.

"주합."

"말하슈."

"너는 길을 뚫어라. 나는 아이를 데려오마."

"음. 셋 세면 뛰겠수."

"좋아. 하나, 둘, 셋!'

쒜에엑!

셋 하는 순간 이미 독고유의 신형은 백발의 꼬마에게로 쇄도하고 있었다.

그리고 그런 그의 주위로 흑의 인영들이 숲을 까맣게 메우며 솟구쳐 올랐다.

퍼버벅!

뼈와 살이 부서지는 격타음이 연달아 터져 나왔다.

놀란 표정으로 주위를 올려다보던 백의 소년의 몸을 감싸 안은 독고유의 목도가 삽시에 세 번 허공을 후려치며 만든 소리였다.

촤아악―!

독고유가 산행로 위로 미끄러져 쓰러지고, 그 뒤로 풍차처럼 소매를 휘돌리는 여빙이 다가섰다.

촤라라락!

순간 달려들던 살수들의 안광이 폭출되더니 삽시에 수백의 암기가 허공을 수놓았다.

 놀란 표정 그대로 굳은 아이를 옆구리에 안아 든 독고유가 곧장 주합이 있는 산 위로 달음질치며 핑그르 신형을 돌렸다.

 차라라라락!

 후미의 여빙까지 소매를 휘돌리고, 날아들던 비수들이 일제히 튕겨져 나가 주위의 나무에 박혀 들었다.

 다시 달려 올라가기 위해 독고유가 두 다리를 땅에 내딛은 순간,

 "읏!"

 쩌억!

 대경한 독고유가 몸을 뒤로 젖히며 목도를 들어 올리자, 불과 찰나지간 전에 독고유의 미간이 있던 자리에 비도가 날아와 박혔다.

 독고유의 목도, 도면 위였다.

 '고수······!'

 독고유는 침을 꿀꺽 삼켰다.

 암습자들이 흑의를 입고 체계적으로 공격해 오는 것을 보았을 때, 한동안 잠잠했던 살문임이 분명했다.

 그런 가운데에도 상대가 방심한 틈을 노려 일격에 절명할 공격을 해 온 자.

 특급살수인가?

 황급히 몸을 일으키면서 독고유는 목도를 내려다보았다.

 도면에 박힌 비수가 파리한 빛을 내뿜는다.

 '이번 공격은 그냥 간 보기에 불과하단 말인가?'

원한다면 한 개가 아니라 무수히 많은 것들을, 살기도 뿌리지 않고 날렸을 터다.

조롱하고 있다.

지금까지 만난 그 어떤 살수보다 잔인한 성정을 지닌 자다.

빠악!

"으악!"

그 순간 커다랗게 울려 퍼진 파열음.

고개를 든 독고유의 눈에 비친 것은, 움푹 가라앉은 어깨를 덜렁이며 비명을 내지르는 주합의 모습이었다.

"이 빌어먹을 개자식이!"

주합은 욕지거리를 내뱉으며 이를 으득 갈았다.

마치 살아 있는 뱀처럼 덜렁거리며 허공에 매달려 있는 사슬과 그 끝에 매달린 철추.

공기를 가르는 소리가 들리기도 전에 이미 어깨를 적중당해 있었다.

팔을 내려다보았다.

축 처져 덜렁거린다.

별수 없다.

"혈우야! 형수를 보호해!"

"웅!"

주합의 등에 매달려 있던 혈우가 그의 등을 박차며 옥령에게로 쇄도했다.

곪은 원한은 마침내 아귀다툼으로 이어지고

"성치 않은 몸으로 뭘 하려고······!"

혈우가 옥령의 품으로 달려들자, 날아오는 검을 빙장(氷掌)으로 쳐 내던 옥령이 눈썹을 치켜 올렸다.

화아아악!

하지만 다음 순간, 그녀의 두 눈동자가 경악으로 물들었다.

주합의 전신에서 삽시에 피어오른 푸른 불꽃!

"형님, 어서 오슈!"

주합은 뜨겁지도 않은지 버럭 외치며 주위를 둘러보았다.

쉬익!

덜렁이던 사슬이 이번에는 주합의 목울대를 노리고 날아든다.

"흐읍!"

주합이 기합성과 함께 눈을 부릅뜨자 일렁이던 불길이 삽시에 폭발하듯 사방으로 뿜어졌다.

콰르륵!

삽시에 옥령과 그 주위에 있던 살수들의 몸이 재가 되어 흩어졌다.

"이럴 수가······!"

전신이 불길로 뒤덮인 상황에서도, 옥령은 경악성을 터뜨렸다.

어느새 그녀의 등에 업힌 혈우가 강기의 막을 형성해 그녀의 몸을 보호하고 있었던 것이다.

주위가 새파란 불길로 덮여 한 치 앞이 분간되지 않는 가운데에도, 재가 되어 고통스럽게 흩어지는 살수들의 모습만은 또렷이 보였다.

치익!

주합의 목으로 날아들던 추와 사슬이 불길에 녹아 물처럼 떨어져 내렸다.

"이 망할 자식! 숨어서 헛짓하지 말고 나와라!"

주합은 대갈일성을 내지르며 주위를 둘러보았다.

어두운 숲길이 불에 밝혀 환한 가운데, 나무 위에서 새까만 인영 하나가 불쑥 솟아올랐다.

손에 사슬낫을 쥐고 있는 사내.

"역시, 네놈이 염 어쩌고 하는 놈이었구만?"

미안은 히죽 웃으며 주합을 내려다보았다.

목표물.

소명에게 빼앗기지 않을 것이었다.

"까불지 말고 내려와, 인마!"

주합이 버럭 외치며 인상을 찌푸리자, 그의 몸 주위에 일렁이던 불길이 솟구쳐 올라 미안에게로 날아들었다.

"흡!"

콰르륵!

화염이 작렬하자 어른 몸통만 하던 나무둥치가 삽시에 새까만 숯이 되어 스러졌다.

"이거, 들은 것보다 더한 놈이구만. 재밌겠는걸?"

사슬낫의 날을 혀로 날름 핥으며, 미안은 즐거운 듯 얼굴 가득 미소를 지어 보였다.

"주합, 이 녀석이……!'
사방에 일렁이는 불길을 바라보며 독고유가 인상을 찌푸렸다.
성질 급한 주합이 언제까지 염마의 마공을 억누르고 있으리라 생각지는 않았지만, 지금 이 행태는 심한 구석이 있었다.
그저 퇴로만 뚫어서 도망치면 되지 않는가!
퍼퍼퍽!
독고유가 멈춰 선 사이, 그에게로 달려들던 세 명의 살수가 어깨가 함몰되어 떨어져 내렸다.
"대협, 숫자가 생각보다 얼마 되지 않아요!"
독고유에 앞서 길을 트는 것에 열중하던 여빙이 적의 인원을 파악하고는 외쳤다.
독고유도 그제야 주위를 휘익 둘러보았다.
채 이백이 되지 않는 인원.
육 대 이백.
실로 불리하기 그지없는 인원이었으나, 모인 여섯 인물이 하나같이 범상치 않은 이들임을 감안하였을 때, 도망치지 않아도 충분히 상대할 수 있어 보이는 상황이었다.
하지만.
'아까 비도를 날린 녀석이 계속 잠잠하다. 뭔가 노리고 있음이 틀림없어.'

아까 그의 정수리로 비도를 날렸던 살수, 그가 아직까지 모습을 드러내지 않고 있다는 것이 못내 마음에 걸렸다.

"윽!"

우선 주합과 합류하기 위해 독고유가 몸을 움직인 순간, 허리 어름에서 낮은 신음 소리가 터져 나왔다.

고개를 숙인 독고유.

그곳에는 백발 소년이 인상을 찌푸린 채 그의 품에 안겨 있었다.

왼 가슴의 흉터가 움직이는 동안 터졌는지 핏물을 토해 내고 있었다.

"괜찮으냐!"

상처 부위가 닿지 않도록 고쳐 안은 독고유가 황급히 묻자, 소년은 눈을 질끈 감으며 고개를 끄덕였다.

"소저! 달리시오!"

"네!"

퍼퍼펑!

독고유의 외침에 일시에 장력을 폭출시킨 여빙의 신형이 새처럼 솟구쳐 올랐다.

퍼버버벅!

그 뒤를 따르는 독고유도 사방에서 달려드는 살수들의 어깨와 머리를 징검다리처럼 짓밟으며 달려 나갔다.

서걱!

"윽!"

일렁이는 푸른 불꽃을 전신에 감싸 안은 주합의 모습이 선명하게 보여 왔다.

그리고 그의 어깨에서 솟구치는 핏물과, 허공을 주유하는 낫의 모습도 더없이 선명하게 독고유의 눈동자에 각인되었다.

"……!"

경악스러운 모습.

감히 염마의 마공을 펼쳐 내는 주합의 몸에 상처를 입힐 자가 있을 수 있던가!

"어째서 안 녹아내리는 거야! 젠장!"

분통이 터지기는 주합도 마찬가지인 모양이었다.

저 특급살수가 사용하고 있는 낫.

낫에 무슨 짓을 해 놓았는지 아무리 업화를 쏟아 부어도 녹기는커녕, 너무나도 가벼이 그의 화염벽을 뚫어 내고 몸에 상처를 입히고 있었다.

"제법이긴 하군."

주위의 나무를 마치 다람쥐처럼 타 넘으며 주합에게 사슬낫을 휘두르던 미안도 감탄하기는 마찬가지였다.

사슬낫은 그 위력도 위력이거니와, 공격의 범위가 상당히 넓다는 것에 강점이 있었다.

사슬을 쥐고 낫을 휘두르면 그 공격 범위가 반경 오 장에 달하며, 지금까지 그의 공격에 일격에 목이 베이지 않은 자는 채 세 손가락 안에도 꼽을 수 없었다.

한데 저 사내는 어떤가.

목을 노리고 낫을 내던져도 번번이 어깨나 허리를 살짝 긁어 내는 것만으로 그치지 않는가!

"이 날다람쥐 같은 놈이! 네놈이 타고 다닐 나무가 한 그루도 남지 않게 해 주마!"

결국 다섯 번째의 자상이 허리에 남자, 주합이 분통을 터뜨리며 갈호성을 내질렀다.

콰르르륵!

"으읏!"

그 순간 그의 기도가 일변하며 푸른 불꽃이 보랏빛으로, 삽시에 노란빛으로 변하여 마치 폭발하는 활화산처럼 치솟아 올랐다.

치이익!

그 불길의 삼 장 근처에만 접근해도 옷이 녹고, 살이 녹고, 뼈가 부스러져 갔다.

삽시에 수십의 살수들이 재가 되어 흩어지고, 미안이 몸을 기대고 있던 주위의 모든 나무들도 가루가 되어 흩날리듯 녹아내렸다.

"으하하! 어떠냐! 이제 갈 곳이 없지!"

주합의 득의양양한 웃음이 번져 나가고, 그런 그에게로 독고유의 신형이 쇄도해 들었다.

빠악—!

새하얀 강기의 막이 서린 독고유의 손바닥이 주합의 뒤통수를 강타하고, 주합의 전신을 휘감고 있던 불길이 마치 물이라도 부은 듯 삽시에 스러졌다.

"아주 대놓고 다녀라, 대놓고."

"에이씨……. 색시감도 보고 있고 해서 힘 좀 내 본 건데……."

주합이 푸욱 고개를 숙이며 투덜거렸다.

여전히 팔은 추욱 늘어진 상태였다.

"견정이 부서졌군."

"우욱!"

독고유가 어깨를 꾸욱 누르자 주합이 인상을 찌푸리며 몸을 숙였다.

"괜찮아요?"

"어어?"

그 순간 주합에게 다가선 옥령.

주합은 의외인 듯 그녀를 올려다보다 이윽고 씨익 웃었다.

"지금 나 걱정해 주는 거요?"

"멍청이, 다친 사람 걱정하는 건 당연하다고요."

지금이 싸움 중이라는 것도 잊고 다시 투닥대기 시작한 두 사람.

하지만 그 순간 독고유는 잔뜩 신경을 곤두세우고 신형을 돌리고 있었다.

채애앵!

그의 목전까지 날아와 있던 낫이 독고유의 목도를 휘감았다.

"이익!"

그것까지는 예상하지 못했던 듯, 미안의 이마에 힘줄이 솟아올랐다.

황급히 낫을 회수하려는 미안.

하지만 독고유가 목도를 휙 꺾어 땅에 찍어 누르자 그마저도 여의치 않았다.

"혈우야!"

처리를 위해 혈우의 이름을 호명한 그 순간.

슈화악!

순간 살기가 터져 나오나 싶더니, 독고유의 시야를 가득 메우며 수십의 비도 무리가 사방으로 비산했다.

일수에 수십의 비도가 날아들자, 채 방비를 하지 못하던 주합이 황급히 옥령을 밀치며 몸을 뉘었다.

황급히 신형을 숙이며 품속의 아이를 보호하는 독고유.

비산하는 비도들의 뒤편에 느릿느릿 날아드는 작은 금구(金球)가 그의 두 눈동자에 확대되어 비쳐졌다.

'……!'

그 물체의 정체를 확인한 독고유의 눈이 화등잔만 하게 커졌다.

독고유가 그 정체에 대해 소리치기도 전에, 그 구체의 뒤로 한 자루의 비도가 조금 더 빠른 속도로 날아들었다.

푸욱—

비도의 날이 금구의 표면을 파고드는 미세한 소리가 독고유의 귓전을 스쳤다.

'씨팔!'

마지막으로 욕을 해 본 것이 언제였을까.

구체가 반으로 갈라지며 내용물을 흩뿌리는 것을 확인한 순간, 독고유는 눈을 질끈 감았다.

콰아앙—!

제11장

마귀는 어둠 속에서 태동한다

하악—! 하악—!

입에서 토해져 나오는 숨소리가 마치 내 것이 아닌 양 귓전을 울렸다.

미안은 무겁디무거운 눈꺼풀을 간신히 들어 올려 눈동자를 굴렸다.

몸의 반절이 완전히 새까만 숯덩이로 변해 있었다.

하반신의 감각이 없다.

숨 쉬는 것도 점점 힘들어지기 시작했다.

죽는 건가?

다시 눈을 감으려던 미안은 문득 눈앞에 다가서는 그림자에 다시 눈동자를 굴렸다.

비릿한 웃음을 지으며 자신을 내려다보고 있는 사내.

개 같은 자식.

"소명, 이 개자식…… 큭!'

욕지거리를 내뱉던 그의 목이 투욱 꺾였다.

"내가 믿는 건 이거였어. 병신."

미안의 입에 비도를 박아 넣은 소명은 이미 숨이 끊어진 그의 시신을 발로 툭 차며 뇌까렸다.

까맣게 탄 그의 몸이 바스러지며 땅바닥을 굴렀다.

"휘유— 진천뢰(振天雷)라더니 명불허전이었군."

미안의 시신에서 몸을 돌린 그가 황폐하게 변한 주위의 풍경을 둘러보았다.

폭약이 터진 지점에서부터 반경 십 장은 본래의 모습을 알아보기 힘들 정도로 쑥대밭이 되어 있었다.

까뒤집힌 땅거죽에는 핏물인지 육편인지 모를 붉은 진액들이 잔뜩 얽혀 있었고, 그 주위로는 붉은 핏물이 끈적하게 흘러내리고 있었다.

폭발에서 조금 떨어져 있는 곳은 더욱더 참혹했다.

백여 명의 살수들이 일시에 목숨을 잃었고, 살아남은 나머지 사십여 살수들도 팔다리를 하나씩 잃거나, 간신히 숨만 붙어 있는 지경이었다.

"그놈들은 어디로 갔더라……?"

차분히 멈춰 선 그는 가만히 기억을 되살렸다.

참으로 대단한 고수들이었다.

그 찰나의 순간 비도를 모조리 피해 내다니.

게다가 진천뢰가 폭발한 순간, 튕겨져 솟구쳐 오르는 백의 사내의 주위에 일렁이고 있던 것은 분명 호신강기였다.

백의 사내와 꼬마, 그리고 옆에 딸려 있던 계집까지 모조리 그 강기에 휩싸여 튕겨져 나갔었다.

"그럼 목표는……?"

계집 하나를 자빠뜨리고 엎어진 외팔이.

일부러 녀석이 있는 곳의 십 장 밖에서 진천뢰를 폭파시켰다.

지축이 흔들리는 폭발이 일어나는 사이, 놈의 신형은 마치 도깨비라도 된 듯 홀연히 사라졌었다.

"이 근처였던가……?"

소명은 무심하게 걸음을 옮겼다.

그의 발목을 부여잡는 살아남은 살수들의 미간에는 여지없이 비도가 떨어져 내렸다.

"역시……"

그렇게 십여 장을 걸어 나간 그의 시선이 시퍼런 살광을 흘렸다.

숲 한복판에 뚫린 커다란 구멍.

일 장은 되어 보이는 구멍이다.

폭발로 산의 단층이 무너져 내린 모양이었다.

"이 밑에……? 동굴이라……. 얼마나 깊을까."

슈욱!

그의 소매에서 한 자루의 비도가 쏘아져 구멍 속으로 사라졌다.

푸북!

찰나의 순간이 지나지 않아 들려온 바람 소리.

"이십 장 이내. 가 볼 만하군."

만족스러운 듯 고개를 끄덕인 그의 신형이 구멍 속으로 훌쩍 뛰어내렸다.

휘익! 타악!

구멍의 깊이는 십오 장에 달했으나, 그 위에서 떨어져 내린 인영은 마치 깃털처럼 가볍게 착지했다.

가뿐하게 일어서던 소명은 문득 코를 찌르는 매캐한 냄새에 인상을 찌푸렸다.

'독인가?'

숨을 멈춘 그는 안력을 한껏 돋우며 고개를 들었다.

"웃……!"

하지만 고개를 든 순간, 그는 숨을 들이켜며 한 발자국 물러섰다.

이글대는 소리를 내며 흐르는 용암!

근처에만 가도 몸이 녹아내릴 고온의 용암이 그의 앞으로 끝없이 펼쳐져 있었던 것이다.

"화산이었다니……. 놈은 어디로 사라진 거지?"

소명은 주위를 주욱 돌아보았다.

반경 십여 장 정도 되어 보이는 작은 공터.

바로 소명이 발을 짚고 있는 땅 이외의 곳에는 모조리 붉디붉은 용암들뿐이었다.

그 어디에도 인간이 머물 곳은 보이지 않는다.

"칫."

헛짚은 것일까.

아니면 이미 까맣게 타 버려 그 흔적도 찾을 수 없게 된 것일까.

가장 최악의 가정을 해 나가던 소명의 입에서 바람 빠지는 소리가 새어 나왔다.

목표, 그자만 살려 데려가면 차기 문주의 자리는 그의 차지나 다름이 없을 터인데.

경쟁 상대이던 미안이 죽었으니, 이제는 그의 독주나 마찬가지인 상황이었는데.

"지미……."

욕지거리를 내뱉은 그가 다시 구멍 위로 신형을 날리려는 찰나.

쿠르르릉! 쿠르르릉!

저 멀리에서부터 벼락이 치는 듯하기도 하고, 나무가 쓰러지는 것 같기도 한 기이한 소리가 울려 퍼지기 시작했다.

지저화룡(地底火龍)이라도 살고 있는 것일까.

굳은 표정으로 고개를 돌린 소명은, 이내 저 멀리에서부터 보여오는 괴이한 물체에 눈살을 찌푸렸다.

쿠르릉!

그것은 정말 화룡의 현신 같기도 하고, 어찌 보면 하늘에서 갓 떨어진 운성 같기도 하였으며 단순히 불기둥 같아 보이기도 했다.

하지만 중요한 것은 하나.

펄펄 끓는 용암 위를 마치 유영하듯 솟구쳐 오르고 다시 파고들며 조금씩 조금씩 그에게로 다가오고 있다는 것.

"으윽……."

미지의 존재에 대한 두려움에 소명은 황급히 몸을 돌렸다.

저 불덩어리가 다가오기 전에 도망치리라.

"어딜 도망치냐! 이 개자식아!"

한껏 득의양양한 목소리가 뒤통수를 때린 것은 그 직후였다.

"어디냐!"

그 목소리가 목표의 것임을 알아챈 순간, 소명은 도주를 포기하고 고개를 돌렸다.

그의 눈동자가 허겁지겁 이곳저곳을 훑었지만 어디에도 인적은 없었다.

외팔이 놈, 어디 간 거지?

"여기다, 이 자식아! 눈은 장식으로 달아 놨냐!"

그 순간, 재차 같은 목소리가 터져 나왔다.

소명은 귀를 의심했다.

자신을 향해 다가오는 저 화룡에게서 목표물의 목소리가 울려 퍼졌던 것이다.

"뭐어?"

소명이 멍한 표정으로 대답하였을 때는 이미 화룡이 코앞에 다가온 후였다.

눈앞에서 보니 그 눈부신 자태에 숨이 다 막힐 지경이다.

샛노란 화염을 사방으로 흘리며 아가리를 벌리고 있는 화룡. 그리고 그 안에 선 외팔 사내.

"네놈……?"

"나도 이런 것까지 되는 줄은 몰랐지."

화아아악!

주합은 경악한 소명에게 씨익 웃어 주고는 인상을 찌푸렸다.

이내 거대한 화염의 기운이 그에게로 쏟아져 내렸다.

"끄윽! 끄아아아!"

삽시에 새까만 숯덩이로 타들어 가는 소명의 입에서는 마지막 순간까지도 고통스러운 비명이 터져 나왔다.

그리고.

푸숙!

소명을 집어삼킨 불기둥은 삽시에 연기로 화해 사라졌다.

그 안에서 너무나 멀쩡한 모습의 주합과, 혈우를 등에 매단 옥령이 모습을 드러내었다.

"대, 대단해요······."

옥령은 아직도 믿기지 않는 모양이었다. 호신강기를 몸 주변에만 두르는 것이 아닌, 일정 범위로 퍼져 나가게 만들 수 있는 무위를 가진 자가 이런 꼬마라는 사실도 놀라웠고, 그저 멍청하고 내공만 심후한 줄 알았던 사내가 이토록 강하다는 것도 놀라웠다.

꿈이면 깨고 싶을 지경이었으니······.

"으하하하! 이 정도면 남편감으론 최고 아니우? 크하하하!"

"······."

주합은 대소를 터뜨리며 가슴을 내밀어 보였다.

그 모습을 바라보던 옥령의 입가에 실웃음이 스쳤다.

"헛소리 그만 하고. 이제 올라가야 되잖아요?"
"……아."
순간 주합의 얼굴에서 핏기가 가셨다.
혈우를 돌아보니, 혈우도 지나치게 공력을 운용한 탓인지 안색이 상당히 창백했다.
"난 경공은 모른다니까……."
암담한 목소리로 뇌까리는 주합이었다.

쿠당탕! 쿵탕!
높다란 산 너머에서 튀어 오른 하얀 덩어리가 굉음을 내며 산기슭을 굴러 내렸다.
그렇게 한참이나 구르고 또 구른 덩어리는 이윽고 커다란 나무등치에 부딪쳐 산산이 흩어지며 멈추어 섰다.
철푸덕!
충격이 큰 탓일까. 덩어리는 두 개로 나뉘어 바닥에 철퍽 쓰러졌다.
아니, 자세히 보니 덩어리가 아니라 사람이다.
허리춤에 아이를 안은 백의 사내와, 역시 흰 도복을 입은 여인.
독고유와 여빙, 그리고 미였다.
"으……."
땅에 몸을 뉘인 독고유의 입에서 신음 소리가 새어 나왔다.
머리는 술이라도 잔뜩 먹은 듯 띵했고, 귀는 윙윙거리는 소리가 끝없이 울려 퍼져 멍했다.

한마디로 정신이 없다는 말이다.

"하아……."

그것은 여빙도 다르지 않은 모양이었다.

위기의 순간 독고유가 펼친 호신강기에 함께 휩쓸려 죽음만은 면할 수 있었으나, 그 충격을 고스란히 받아 내어 수십 장이나 튕겨 오르지 않았던가.

"진천뢰……."

의식이 엄엄한 지경이었음에도 독고유는 이를 갈며 중얼거렸다.

벽력당의 벽력탄과 맞먹는 위력을 지닌 사천당가의 진천뢰.

그것을 이런 곳에서 보게 될 줄 누가 알았을까.

그야말로 죽지 않은 것이 천우신조라 할 수 있었다.

"으으……."

그의 몸 아래에서 작은 신음 소리가 들려왔다.

독고유는 그제야 퍼뜩 정신을 차린 듯 옆으로 데굴데굴 굴러 몸을 피했다.

백발 소년, 미.

가슴팍의 상처가 터진 듯 피를 울컥울컥 쏟아 내며 신음을 흘리고 있었다.

한참 아물어 가던 상처가 터진 탓인지, 그 고통은 말로 형용할 수 없는 모양이었다.

"괜찮으냐!"

독고유는 세상이 빙글 도는 와중에도 황급히 몸을 일으켰다.

그리고는 품에서 금창약을 꺼내 들었다.

시야도 흐린 덕에 몇 번 만에 간신히 금창약을 꺼낸 독고유는 부들부들 떨리는 손길로 아이의 상처에 고약을 발라 나갔다.

"으윽……. 윽!"

아이는 여간 고통스럽지 않은 듯 신음을 흘리며 부들부들 몸을 떨었다.

"조, 조금만 참거라. 우읍!"

약을 발라 주던 독고유는 어지러움증에 치밀어 오르는 욕지기를 참지 못하고 황급히 몸을 돌렸다.

"우웩!"

욕지기를 토해 낸 독고유는 그 속에 섞인 핏물을 보며 인상을 찌푸렸다.

급히 호신강기를 두른 탓에, 내장까지 가는 충격을 막아 내지는 못한 모양이었다.

"대, 대협!"

놀란 여빙이 독고유에게로 다가오려다 비틀대며 풀썩 쓰러졌다.

그녀 또한 남을 걱정할 처지가 아니었다.

"주합! 이 아이에게 금창약 좀 발라 주어라! ……주합?"

어지러움을 참고 소리친 독고유는, 이내 돌아오는 대답이 없음을 깨닫고 주합의 이름을 되불렀다.

역시나 잠잠하다.

"이런……!"

고개를 돌린 그의 얼굴이 흙빛으로 변했다.

주합의 모습이 보이지 않는다! 더불어 옥령과 혈우까지 어디에 쓸려 갔는지 족적을 찾을 수 없었다.

"폭발에 휘말린 모양이에요."

여빙 또한 그 사실을 눈치 채었는지 사색이 되어 말했다.

당장 달려 나갈 기세였으나, 아직 몸이 제 상태로 돌아오지 않은 탓에 꼼짝없이 누워 있을 수밖에 없었다.

"주합에 혈우라면 죽었을 리는 없소. 다만 그 녀석들 둘이 붙으면 무슨 짓을 하고 다닐지가 문제라는 거지……."

독고유가 걱정하고 있는 것은 전혀 다른 방향이었다.

어디로 튈지 모르는 녀석들 둘이 붙었으니, 최악이라 할 수 있었다.

불행 중 다행이라면 옥령이 함께 있다는 것이지만……. 그녀가 주합을 통제할 수 있으리라는 확신이 없었다.

"령아와 함께 있는 것이 확실한가요?"

"아마도……."

여빙의 말에 독고유는 기억을 되살려 보았다.

옥령을 넘어뜨리고 그 위로 엎어지는 주합의 모습이 흐릿하게 떠오른다.

분명하다.

함께 있을 것이다.

"하아……."

억지로 머리를 굴린 탓일까.

밀려오는 현기증에 독고유는 대자로 드러누운 채 가쁘게 숨을 들이쉬었다.

누워 있는 꼴이 마치 중병자 셋이 버려진 듯하다.

쿵! 쿵!

그러다 문득 독고유의 코가 벌름거렸다.

뭔가 냄새를 맡는 듯 킁킁대던 독고유는 기분 좋은 미소를 지으며 중얼거렸다.

"매화 향이 나는군. 어디지?"

"윽! 웬 악취야!"

기분 좋은 상념을 깨듯, 질색하는 사내의 목소리가 뒤이어 울려 퍼졌다.

어쩐지 귀에 익은 목소리.

누운 채로 눈동자를 돌려 주위를 둘러보던 독고유의 귓가로, 또다시 예의 그 목소리가 울려 퍼졌다.

"어? 대형?"

순백의 갑주를 두른 사내 두 명이 부복한 채 미동도 하지 않고 있다.

그 두 사내의 뒤로는 묵빛 갑주를 두른 사내 여섯이 역시 부복해 있었다.

그리고 그들의 뒤로 인간이 아닌 기도를 풍기는 오백여 인영이 나지막한 숨소리를 토해 내며 부복해 있고, 그 뒤로 오천에 달하는 회의인들이 역시 부복한 채 숨소리도 내지 않고 있었다.

무림최강의 세력을 자랑하는 세외삼천 중 두 손가락 안에 꼽히는 암궁!

그곳의 오호대장군 중 둘과 십기부장 중 여섯, 오백오십의 불사귀와 육천의 무사들이 한곳에 모인 것이다.

하지만 어쩐 일일까.

절정 중의 절정이라 일컬어지는 오호대장군이 둘이나 모였음에도, 그들은 고개도 들지 못한 채 숨을 죽이고 있었고, 열이 모이면 능히 천하를 독패하리라 일컬어지는 십기부장도 그중 여섯이 모였음에도 식은땀을 흘려 내고 있었다.

그들의 앞에 선 한 사내 때문일까.

이토록 강대한 이들을 무릎 꿇리는 이 사내는 도대체 누구일까.

"으으으……"

고개를 숙인 채 서 있는 흑의 사내의 입에서 나지막한 신음이 새어 나왔다.

뒤이어 잔잔히 퍼져 나가는 짙은 혈광.

그 섬뜩한 광채에 두 대장군의 얼굴이 하얗게 질렸다.

부장들의 얼굴은 창백하다 못해 백지장을 보는 듯했으며, 누구 하나 할 것 없이 땀에 젖어 번들거렸다.

"크으으……"

사내의 입에서 또다시 신음이 새어 나왔다.

아까보다 더욱 짙고, 고통스러운 신음.

더불어 혈광도 더더욱 짙게 번져 나갔다.

인간의 그것을 벗어난 섬뜩한 살기! 살심!

"으으으…… 으아아아!"

쿠와아아앙—!

이윽고 사내의 입에서 지축이 흔들리는 괴성이 터져 나오자, 사내의 몸 주위로 충격파가 터져 나오며 주위의 모든 것을 일제히 십여 장 밖으로 날려 버렸다.

"우욱!"

두 대장군의 입에서 새카만 울혈이 토해져 올랐다.

여섯 부장 중 둘은 그대로 혼절하여 거품을 물고 쓰러졌고, 넷은 중한 내상을 입은 듯 하얗게 질린 안색으로 올라오는 핏물을 참아 내고 있었다.

"감히 천하의 어떤 배덕자가 있어 암영의 그릇을 부순단 말이더냐!"

이윽고 새빨간 안광을 흘리며 흑의인이 고개를 들었다.

그의 얼굴은 분명 무림맹의 호법, 막여후였다.

하지만 놀랍게도 그의 입에서는 마치 걸걸한 노인과 새침한 여인의 목소리를 섞어 놓은 듯한 기괴한 음성이 흘러나오고 있었다.

새빨간 두 눈은 동공이 어디인지 찾아볼 수 없을 정도로 붉었으며, 몸 전체에서 퍼져 나가는 기운은 천하의 신마라도 대적하기 힘들 듯한 압도적인 기세를 풍겼다.

그랬다.

막여후와 막도호.

그들은 그들 자체만으로도 능히 절정이라 불릴 만한 강호의 고수였으나, 그보다 더한 비밀을 품고 있었던 것이다.

그들이 암궁의 암왕을 제외한 모든 이들에게 경외의 대상이 되었던 이유.

그것은 그들이 암영이라 불리는 암궁의 초대 마왕의 혼을 품고 있었기 때문이다.

하지만 마왕은 강호에서 불리는 악명일 뿐, 암궁 무사들은 그들을 암영, 혹은 대제라 칭하며 경배했다.

암영의 혼을 품은 자들, 그들은 자신들의 남은 천명의 육 할을 암영에게 바치는 대신, 암영의 힘을 조금 이어받아 시간과 자질을 초월하는 무위를 지니게 되었다.

게다가 그것은 꼭 피를 이어받은 두 사람에게만 가능하게 되어 있었다.

그것은 암영이 한 명이 아니라 둘.

암궁을 세웠던 대제는 한 피를 이어받은 형제였기 때문이다.

그들이야말로 염마와 천마, 신마가 존재하던 때보다도 훨씬 더 이전 시대를 독패했던 남해망천(南海亡天) 전설의 주인공이었다.

두 대장군은 식은땀을 흘리며 강림한 암영을 올려다보았다.

분명 그들이 저 그릇을 차지하고 세상에 나오는 것은 일 년 후의 일.

 하지만 형제의 강림이 물거품이 되었기 때문일까, 잠들었던 암영이 격노와 함께 깨어나 그릇의 몸을 완전히 차지해 버렸던 것이다.

 암왕의 계략이 완전히 물거품이 되어 버렸다 할 수 있었다.

 본래 두 암영이 깨어나는 순간 강호를 피로 물들이고 그 위에 군림하는 것이 본 목적.

 하나 두 암영 중 하나는 깨어나기도 전에 불의의 기습으로 다시 지저망령들의 품속으로 되돌아갔으며, 한 암영은 암왕과 마주하기도 전에 깨어나 후대의 수하들에게 분노를 토해 내고 있었다.

 "내 아우의 그릇을 부순 배덕자의 이름을 당장 고하라!"

 암영이 입을 열자 대장군들은 누가 먼저랄 것도 없이 절을 올리며 고했다.

 "그는 출생 불명의 독고유란 자로서, 궁을 배덕한 모든 이들의 수장이며 또한 대제의 그릇을 부수었습니다. 그를 벌하기 위해 나섰던 대장군 중 일인이 그에게 목이 베였고, 그를 따랐던 무사들 중 태반이 불귀의 객이 되어 돌아오지 못하였습니다."

 퍼석—!

 암영에게 상소를 마친 대장군의 목이 산산이 부서져 피분수를 쏟아 내었다.

 털썩! 소리를 내며 그의 신형이 무너져 내리자, 곁에 앉은 대장군이 식은땀을 줄줄 흘리며 말을 이었다.

 "그자는 강서 땅으로 향하고 있으며, 당장이라도 명을 내리신다

면 암궁의 전 세력을 이끌고 배덕자의 목을 치겠습니다!'

퍼억!

"크윽!"

그의 상소가 끝난 순간, 또다시 폭음이 울려 퍼졌다.

다른 점이라면 이번에는 그의 왼팔이 솟구쳐 올랐다는 것뿐이었다.

"배덕자 놈의 목을 치는 것은 바로 나다! 이백 년! 이백 년 만의 부활을 물거품으로 만들고 아우와의 상봉 또한 허상으로 만든 놈의 목을 내가 직접 칠 것이다!"

쿠르르릉!

암영의 노호성이 하늘 높이 울려 퍼진 순간, 삽시에 주위를 감싸고 있던 다섯 개의 봉우리가 무너져 내리며 주위를 흙더미로 만들었다.

암궁 무사들 중 내공이 얕은 이들이 우수수 피를 토하며 쓰러졌다.

절대자!

인간을 초월한 절대자의 모습이 바로 저러할까!

"기다려라, 독고유! 내 너의 육신을 남김없이 씹어 먹고 영혼을 취해 영원히 지저망령들의 먹잇감이 되도록 만들 것이다!"

제12장

슬픔을 가슴에 품고 검을 들다

"이제 좀 괜찮수? 으휴. 도대체 뭘 하고 돌아다니는지."

그 익숙한 목소리의 주인공은 바로 초석이었다.

그는 독고유의 몸 이곳저곳을 주무르며 연신 투덜거렸다.

"어떻게 형님은 볼 때마다 동행이 바뀌우? 저 꼬마는 뭐고 저…… 소저는 또 누구요?"

여빙의 아리따운 외모에 잠시 침을 꿀꺽 삼킨 초석은 다시 독고유의 얼굴을 내려다보았다.

독고유는 이제 좀 제정신이 돌아오는 듯 눈을 깜빡였다.

"사정이 있었다."

"아, 한 식경쯤 전인가? 지진이 나서 온 산이 다 뒤흔들리던데, 혹시 그것과 관련이 있는 거요?"

"음."

초석은 그럼 그렇지 하는 표정으로 독고유의 어깨를 주물렀다.

다시 이성이 되돌아오자 독고유는 느릿느릿 시선을 옮겼다.

여빙의 어깨를 주무르고 있는 것은 화산제일미 초소요. 교리와 교궁 형제는 백발 소년의 곁에 가부좌를 튼 채 앉아 있었다.

그리고…….

"오랜만이오, 대형."

문추.

그는 빙긋 웃으며 포권을 취했다.

독고유의 눈에 이채가 어렸다.

그는 잠시 차근차근 문추를 뜯어보더니, 이윽고 한마디 내뱉었다.

"멀리 갔구나."

"……?"

"네가 나에게 대형이라 부르기에 넌 이미 너무 멀리 가 버렸어."

"……!"

문추는 대답 대신 씁쓸한 미소를 흘렸다.

이미 선을 넘었다.

독고유는 그것을 보자마자 눈치 챈 것이다.

"웃차!"

휙 몸을 날려 가볍게 일어선 독고유는 문추에게 다가가 그의 몸을 꼬옥 껴안았다.

"징그럽소, 대형."

"이렇게 편히 보게 된 게 얼마 만이냐. 많이 변했구나, 많이."

독고유의 말에 문추는 또다시 웃음을 흘렸다.

그 모습을 바라보던 초석이 휙 고개를 돌렸다.

"옌장! 사내자식들끼리 부둥켜안고 이게 뭐 하는 짓거린지."

"하하."

독고유가 웃으며 문추에게 어깨동무를 하자, 이내 여빙의 몸을 주무르던 초소요가 그에게로 다가왔다.

"초면은 아니지요? 초소요라 합니다."

초소요가 부드러운 미소를 지으며 말하자, 독고유 또한 가볍게 목례하며 답했다.

"독고유라 하오. 화산제일미의 명성, 익히 들어 왔소."

"호호, 우리 소저가 좀 아름답긴 하지요?"

초석이 안면 가득 흐뭇한 미소를 지으며 초소요의 곁에 섰다.

순간 독고유는 흠칫 뒤로 물러섰다.

'이, 이 녀석마저……'

눈치는 채고 있었지만 이렇게 노골적으로 애정을 표현할 줄이야.

주합이나 이 녀석이나, 단순한 놈들이 여인에게 빠지면 이렇게 되는 모양이다.

"한데, 네가 이곳에는 무슨 일이냐? 어디 볼일이라도 있는 것은 아닐 테고."

"대형을 만나러 가는 길이었소."

문추는 대수롭지 않게 대답했다.

하지만 독고유는 순간 놀란 표정을 지었다.

그의 행적을 꿰뚫고 있는 것도 아닌데 어찌 안 것일까.

"어찌 알았느냐?"

"보였소."

"뭐라?"

"……보았소."

독고유가 경악하여 되묻자 문추는 주저하는 듯하며 대답했다.

독고유는 입을 떡 벌리고 문추를 바라보았다.

보았다.

그 한 마디가 뜻하는 바가 무엇이겠는가.

"쥐었느냐?"

"음……."

문추는 또다시 고개를 끄덕였다.

쥐었다.

깨달음의 단초를 쥐었다는 말이다.

그 순간 독고유는 문추가 이토록 변한 이유를, 왜 그리도 멀게 느껴졌는지를 깨달았다.

기연을 얻었다.

결코 반갑기만 한 기연은 아닐 것이 분명했다.

"날 만나 무슨 이야기가 하고 싶었기에……. 이미 네가 가야 할 길은 정해져 있지 않느냐."

"대형과 만나 하고 싶은 일이 있었소."

"하고 싶은 일?"

독고유가 고개를 갸웃하며 되물으려는 찰나, 초석의 목소리가 들려왔다.

"거기 두 분! 담소는 좀 이따 나누고 이쪽으로 한 번 와 보슈!"

초석은 백발 소년의 곁에 앉아 있었다.

독고유가 그곳으로 다가서자, 교리와 교궁이 땅바닥에 글씨를 썼다.

암궁의 인물이오?

그 순간, 독고유는 추측이 확신이 됨을 느낄 수 있었다.

분명히 이 소년은 암궁에서 탈출했다.

"암궁에 대해 알고 계신 분들인가요?"

그때, 비틀비틀 독고유의 곁으로 다가온 여빙이 화들짝 놀라 외쳤다.

"이분은······."

여차여차하여 막힌 기혈을 뚫는 것에 도움을 주긴 하였지만, 독고유를 제외한 그 누구도 여빙의 정체를 알지 못하니 경계하는 것이 당연했다.

여빙은 초소요를 빤히 바라보다 포권을 취했다.

"여빙이에요. 북해빙궁 제이궁 청빙궁(靑氷宮)의 궁희(宮姬)이자 팔선녀 중 일인입니다."

"아······."

그녀의 자기소개에 모두가 경악한 표정을 지었다.

그것은 독고유도 마찬가지였다.

여빙이 궁주의 사절로 온 것이 결코 운이 아님은 이미 알고 있었지만, 그녀의 정체가 청빙궁을 다스리는 궁희이며, 팔선녀 중 일인임은 미처 몰랐던 것이다.

그렇다면 옥령은?

주합이 생각보다 대단한 여인을 잡았다고 생각할 찰나, 초소요도 빙긋 웃으며 포권을 취했다.

"반가워요. 초소요예요."

과연 초소요는 생각이 깊은 여인이었다.

행여 여빙이 그녀의 정체를 알면 적대시할까, 화산파의 무인이라는 사실을 숨기지 않았는가.

"그럼 이야기를 계속해 보세. 이 아이는 나도 그 출신 성분을 알지 못하나, 분명 암궁에서 온 아이인 듯하다네."

"으윽……. 저리…… 가……."

독고유가 말하자, 이야기를 듣고 있던 아이가 불현듯 부들부들 몸을 떨며 입을 열었다.

아이의 눈동자에는 고통과 경계의 빛이 가득 번져 있었다.

일행 하나하나를 불신의 눈초리로 돌아보던 소년의 시선이 교리와 교궁에게로 향했다.

"혀와…… 눈……?"

소년이 공포에 질린 듯 뇌까리자, 교리와 교궁은 고개를 끄덕였다.

"궁…… 궁에서 오신 분들이세요?"

교리와 교궁이 귀까지 멀지는 않았다는 것에 안도한 것인지, 소년은 지체하지 않고 물었다.

또다시 둘이 고개를 끄덕이자, 소년의 두 눈동자에서 눈물이 주륵 흘러내렸다.

그런 소년의 머리를 쓰다듬으며 독고유가 따스한 목소리로 중얼거렸다.

"고생이 많았다. 이제는 걱정 말아라."

소년은 자신의 이름을 미라 했다.

그리고는 하나 둘씩 자신의 이야기를 늘어놓기 시작했다.

물론 몸은 누운 채였다.

교리와 교궁이 아이의 상처에 고약을 바르고 있었기 때문이다.

"형들과 저는 필사적으로 탈출했어요. 강호에 나가서 협객이 되자고, 그렇게 다짐했었어요. 한 번쯤은 탈출에 실패해도 괜찮다고. 형들에게 짐이 되느니 혀가 잘리는 것이 나은 일이라고 생각했어요. 그런데……."

"그런데……?"

소년이 말꼬리를 흐리며 다시 울먹이기 시작하자, 독고유는 눈썹을 찡그리며 다음 말을 기다렸다.

"어째서인지 죽어 버렸어요. 모두. 형들은 어째서인지 가장 약한 저를 살렸어요. 그 후로도 쭉. 대협을 만나게 해 준 것도 형들이에요. 그때…… 그때 믿었어야 했는데."

미는 눈물을 삼키듯 꿀꺽 목울대를 움직이고는 말을 마쳤다.

일동의 눈동자에 애잔한 빛이 스쳤다.

형제의 죽음 위에 살아남은 아이.

강호에서도 적잖은 고초를 겪었을 것이 분명하니 인간에 대한 불신이 싹텄다 해도 이상한 일이 아닐 터다.

"걱정하지 마라. 보았지 않느냐. 내가 널 버릴 생각이었다면 일찌감치 그랬을 게다."

미는 더없이 고마운 듯 독고유를 올려다보았다.

"아가씨 같은 분이세요. 대협은."

"아가씨……?"

이번에는 초소요가 궁금한 듯 되물었다.

이번에는 미가 대답을 망설였다.

초석이 더 기다리지 못하겠는지 와락 눈을 부라렸다.

"소저께서 묻잖아! 어서 대답하지 못하겠느냐?"

윽박지르던 초석의 고개가 앞으로 푹 떨어졌다. 독고유가 뒤통수를 후려친 탓이다.

"이 왼쪽 가슴의 상처는 처음 난 것이 아니에요."

미는 극도로 말을 아꼈다.

믿지 못하여 아끼는 것이 아니라, 어찌 이야기해도 그 고마움을 표현할 수 없을 것 같아 아끼는 것이었다.

"처음 난 상처는 아가씨가 치료해 주셨어요. 대단한 의술이에요. 궁에서는 상상도 하지 못했던……. 그런데 그때 그자들이 나타났어요. 암영……."

"암영……?"

미의 말에 그도 알지 못하는 단어가 섞여 있어, 독고유는 고개를 갸웃했다.

암영이라.

어둠의 그림자라.

무엇일까.

"대장군들은 그자들을 암영이라 불렀어요. 그 차가운 눈빛……. 아아……."

아이는 악몽 같은 기억이 떠오른 듯 몸서리를 쳤다.

"그자들은 아가씨를 혼인시키려 했어요."

"누구와?"

"맹주……."

미의 입에서 흘러나온 맹주라는 단어가 가져온 파장은 대단한 것이었다.

문추와 초소요는 입술을 질끈 깨물며 전신을 부르르 떨었고, 순간 독고유의 눈동자에서는 시퍼런 살광이 폭사되었다.

"맹주……."

독고유의 눈동자에서 불똥이 튀었다.

암영의 정체도 자연히 알게 되었다.

맹주의 좌우 호법. 막여후와 막도호.

그들이 어찌 암영이 되었는지는 알 수 없는 일이었으나, 이로써 맹주와 암궁의 결탁이 기정사실로서 굳어졌다 할 수 있었다.

"그래서 쫓았어요. 암영……. 그들 중 한 명의 목을 베고……."

"잠깐! 목을 베었다고?"

이어진 말은 더욱더 충격적인 것이었다.

암영의 목을 베었다니?

독고유가 벼락같이 소리치자 아이는 머뭇거리며 고개를 끄덕였다.

"……다른 한 명이 제 가슴에 검을 찔렀어요. 그리고……"

그다음은 듣지 않아도 알 수 있었다.

독고유와 만난 것이니…….

"이 꼬마 녀석, 내가 살면서 겪었던 생사고락을 이미 다 겪은 모양이네. 휴우……"

초석이 깊은 한숨을 내쉬었다.

초소요와 여빙은 아이가 안쓰러운 듯 애잔한 눈빛으로 아이를 내려다보았다.

단 두 사람, 독고유와 문추만이 적의를 불태우고 있었다.

"맹주……"

문추의 눈동자에서는 이글대는 복수의 불꽃이 다시 타오르고 있었다.

평온했던, 고요한 바다와 같던 눈빛은 오간 데 없었다.

스승의 원수.

그를 떠올릴 때만큼은 지옥의 수라나찰에게라도 영혼을 팔아 복수하고 싶은 심정이었다.

"맹주……"

독고유의 눈동자에서는 살기가 갈무리되어 푸르스름한 빛이 흘러나왔다.

막여후와 막도호 중 하나가 죽었다.

그럼에도 독고유를 계속 쫓는다는 것은, 무슨 의미일까.

맹주의 명일까, 아니면 막여후, 막도호 형제의 생존자일까.

어느 쪽이던 굳건하던 기틀이 하나 사라진 것은 다를 바 없었다.

"앞으로 더욱 치열한 일들만 일어나겠군……."

막여후, 막도호 형제의 균열.

그것이 어떤 파장을 가져올지 독고유로서도 감히 예상할 수 없었다.

한 시진이 지났다. 일행은 망연자실하게 앉아 한 마디도 입을 열지 않고 있었다.

심지어 여빙조차도 그 분위기에 자연스레 동화되어 초소요와 손을 꼭 마주 잡고 고개를 숙이고 있다.

그러다 문득, 독고유가 무엇인가 생각이 났는지 고개를 돌렸다.

"문추."

"……?"

"아까 하고 싶은 말이 있다 하지 않았냐?"

"아."

문추도 그제야 기억이 난 듯 고개를 끄덕였다.

머릿속이 복잡해 잠시 잊고 있었던 일.

다른 이들은 이해하지 못하되 문추 자신에게는 대단히 중요한 일.

스릉!

문추는 앉은 채로 검을 뽑아 들었다.

모두의 시선이 문추의 검으로 쏠렸다.

우우웅—

이내 문추의 검이 나지막하게 울었다.

검명.

뒤이어 선홍빛의 빛무리들이 하나 둘씩 모여 검의 주위를 에워쌌다.

검기.

모인 빛무리들이 하나 둘씩 늘어나 이윽고 하나의 긴 실을 이루었다.

검사.

늘어나고 늘어나던 실들이 문득 한곳으로 뭉치더니 짙은 선홍빛의 날로 변하였다.

검강.

그 과정을 하나하나 지켜보던 여빙과 독고유의 눈빛에 똑같이 놀라움이 어렸다.

강.

절정의 경지에 올랐음인가!

"강해졌구나."

독고유가 마치 자신의 일처럼 기뻐하며 말했다.

피식.

하지만 문추의 입에 스친 것은 씁쓸한 미소 한 줄기뿐이었다.

"대형."

"……?"

"한판 붙읍시다."

"뭐?"

독고유는 황망한 표정으로 문추를 바라보았다.

잘못 들은 것이 분명하다.

그렇지 않다면 문추가 저토록 진중한 표정을 짓고 있을 리 없다.

"대형과 검을 섞는 것, 그게 내가 대형을 찾은 이유였소."

"……."

하지만 대체적으로 이런 불길한 환청은 환청이 아닌 경우가 많다.

입을 떡 벌린 독고유의 좌우로 초석과 초소요, 여빙이 연달아 입을 벌렸다.

"큰형님, 진심이우? 지금 대형하고 한판 붙겠다 뭐 그런 이야길 한 거 맞수?"

"……."

초석이 호들갑 떨며 문추에게로 다가섰다.

하지만 문추의 시선은 흔들림 없이 독고유에게로 향해 있었다.

흔들림 없는 곧은 눈.

"하아……."

독고유는 깊은 한숨을 내쉬었다.

문추가 이토록 강해져 가장 먼저 넘고 싶었던 무인이 바로 자신이었던가.

"……좋아. 그게 네 부탁이라면 못 들어 줄 이유도 없지."

"고맙소."

"다만 봐주는 것은 없다. 너도 내가 봐주는 것을 원하진 않겠지?"

독고유의 눈빛이 어느새 고요하게 가라앉았다.

그의 눈을 마주 보는 문추의 한쪽 입술이 치켜 올랐다.

"물론. 대형이 봐주도록 내가 놓아두지 않을 것이오."

"좋아."

스르륵.

독고유의 허리춤에서 목도가 뽑혀 올랐다.

묵빛이 오늘따라 더욱 짙은, 모든 것을 빨아들일 듯한 검은빛으로 느껴졌다.

"대협. 진심이신가요?"

여빙은 안절부절못하며 문추와 독고유를 번갈아 보았다.

검강을 발현해 내는 문추가 절정의 고수라는 사실은 충분히 인지했다.

호신강기를 발현해 내는 독고유도 절정.

절정고수와 절정고수의 싸움에서는 대체로 그 결과가 명확하다.

둘 중 한 사람의 죽음.

극에 다다른 자들의 결투가 큰 의미를 가지는 것은 서로가 서로에게 손속의 자비를 둘 수 없기 때문인 것이다.

"말로 설득하여 물러설 이라면 진즉에 했을 것이오."

독고유는 뼈 소리가 나게 목도를 움켜쥐며 앞으로 나섰다.

"십 장, 아니 이십 장 밖으로 물러나 있으시오."

하나의 계곡을 사이에 두고 두 사내는 서로 대치해 섰다.

그렇게 일각.

검을 든 문추와 목도를 든 독고유, 누구 하나 선뜻 움직이는 이가 없었다.

십여 장 밖에서 상황을 바라보는 이들로서는 손에 땀을 쥐게 하는 광경이 아닐 수 없었다.

고수와의 싸움에서는 일격에 승부가 나는 경우가 대부분이나, 이 경우에는 가장 최악의 수라 할 수 있었다.

일격에 상대를 쓰러뜨린다면 상대는 필시 죽음에 이른다.

어느 한쪽도 응원할 수 없는 관전자들에게 있어서는 그야말로 목이 타고 피가 마르는 상황이다.

장기전으로 가도 매한가지다.

이 경우에는 서로가 지쳐 고의가 아닌 죽음이 생겨날 수 있다.

그렇다.

아무리 의형제 간의 결투라고는 하나 결투는 결투.

지금 두 사람은 혈육이 서로에게 검을 겨누는 것과 같은 상황에

슬픔을 가슴에 품고 검을 들다

놓여 있는 것이다.

꿀꺽.

어느 때보다 냉정하고 차분한 표정의 문추를 바라보는 독고유는 저도 모르게 침을 꿀꺽 삼켰다.

빈틈이 보이지 않는다.

정말 강해졌구나, 하는 기쁨도 지금은 온전히 누릴 수가 없다.

기도는 어느 한 곳에도 치우침 없이 균형을 이루고 있고, 손에 쥐어진 검은 원한다면 십 장이 아니라 백 장이라도 가를 듯 위협스럽다.

그렇기에 독고유는 한 걸음도 움직일 수 없었다.

그것은 문추도 마찬가지이리라.

하지만 독고유가 문추보다 불리한 점이 있다면 바로 한 가지였다.

문추의 무공을 알지 못한다는 것.

도를 쥐던 문추가 검을 쥐었다.

화산의 매화검수가 펼칠 검술이라면 무엇일까.

문득 코끝에 매화 향이 스쳤다.

'매화이십사수(梅花二十四手)?'

분명하다!

화산의 독문절기 매화이십사수.

코끝을 아련하게 스치는 이 매화 향은 분명 그의 몸에서 풍겨져 나오는 기운이리라.

"흡—!"

상대의 절기를 눈치 챈 이상, 선수필승의 기세로 독고유가 먼저 보신경으로 상대에게 쇄도했다.

더없이 완벽에 가까운 직선을 그리며 날아든 독고유의 신형이 삽시에 흐릿하게 분하며 팔방에 목도를 내질렀다.

문추는 인상 하나 찡그리지 않는 냉정한 표정으로 뒤로 물러서며 날아드는 목도를 하나하나 쳐 댔다.

쩌엉! 쩌엉! 쩌엉!

그저 쳐 내기만 할 뿐인데 땅이 울리는 경력이 사방으로 퍼져 나간다.

목도에 하얗게 맺힌 기운과, 문추의 검에 맺힌 선홍빛의 기운이 모두 강임을 감안하면 당연한 결과였다.

'더, 더, 더 빠르게!'

독고유는 쾌도에 모든 것을 걸기로 결정했다.

매화검은 초식과 초식의 연결이 가장 중요한 검법.

그 초식들이 연결될 틈을 주지 않는다면 분명 승리는 그에게로 돌아오리라.

쩌엉! 쩌엉! 쩌저저정!

이내 독고유의 전신이 흰 빛무리에 가려 흐릿하게 변해 갔고, 그의 주위로 새하얀 강기의 막이 펼쳐지며 문추의 전신을 압박해 갔다.

그에 따라 문추의 손놀림도 점점 빨라져, 종래에는 문추의 주위에도 붉디붉은 강기막이 형성되어 독고유와 맞부딪쳤다.

"저럴 수가……."

여빙은 자신의 눈으로도 둘의 검로를 쫓을 수 없자 혀를 내둘렀다.

그야말로 절정의 고수들이 전력을 다해 결투에 임하고 있는 모습.

감히 어느 누가 저들이 호형호제하던 이들이라 짐작이라도 할 수 있을까.

"사형……."

결투가 시작된 이래 누구보다 마음 졸이며 바라보던 초소요는 결국 참지 못하고 주저앉아 버렸다.

떨림을 억누르려는 듯 양손을 꽉 마주 잡고 있지만, 그럼에도 그녀의 두 손은 가늘게 떨리고 있었다.

하지만 그럼에도 눈을 돌리지는 않았다.

문추의 굳은 의지.

그것을 끝까지, 하나도 빠짐없이 지켜보리라 다짐했기 때문이다.

콰과광!

서로를 향해 단 일 합도 쉼 없이 도검을 휘두르던 둘의 사이에서 결국 커다란 폭발이 일어났다.

삽시에 일진광풍이 노도처럼 숲을 헤집어 수십 그루의 나무가 쓰러졌고, 주위의 땅거죽이 십여 장이나 솟구쳐 오르며 둘의 신형이 일시에 십여 장이나 뒤로 튕겨져 나왔다.

"치잇……!"

독고유는 이를 악물며 허공에서 자세를 다잡았다.

손아귀가 저릿했다.

목도를 타고 흐르는 핏물이 느껴진다.

손아귀가 찢어졌다.

쇄아아아—

방금 전의 폭발로 솟구쳐 오른 흙먼지가 뿌옇게 시야를 가렸다.

좋지 않다.

일순간이라도 상대의 움직임을 놓치면 그것이 곧 죽음으로 연결될 수도 있으니까.

'……있다!'

흙먼지를 뚫어져라 노려보던 독고유의 눈빛에 순간 기광이 스쳤다.

뿌연 가운데 언뜻 스치는 선홍빛 기운.

문추!

독고유와 달리 그는 자세를 다잡자마자 흙먼지 속으로 달려들어 그에게로 쇄도하고 있었던 것이다.

"와라!"

독고유도 질 수 없다는 듯 일기가성을 토해 내며 흙먼지 속으로 달려들었다.

선홍빛 강기가 맺힌 검이 그의 미간을 노리고 날아들다, 별안간 사방으로 휘몰아치며 매화 송이를 피워 냈다.

스하아아악!

삽시에 흙먼지가 사방으로 흩어지고, 눈앞의 매화를 밀쳐 내며 달음질치던 독고유의 두 눈이 찢어질 듯 부릅떠졌다.

열두 송이!

찰나의 순간에 피어난 열두 송이의 매화가 사방을 압박하여 쇄도했던 것이다.

순간 독고유의 전신에서 피어오른 강기의 막이 매화 송이를 맞이했다.

쿠콰―쾅!

추야.

네가 나의 유언을 읽고 있다는 것은, 네가 나의 검을 이어받아 주었다는 것이겠구나.

기쁘다.

이 유언을 발견한 때가 나의 사후이더라도 절대 슬퍼하거나 노여워하지 말거라.

그것이 하늘이 정한 너와 나의 운명일 듯싶구나.

추야.

네가 그토록 찾고자 하던 화산의 검.

네 안의 그 검은 바로 섰느냐?

네 얼굴을 보고 묻지 못한 것이 안타까울 따름이구나.

네가 검무를 출 때마다 뿜어내던 매화 향이 코끝에 아련하여 너를 찾아 나서고자 했던 날이 하루 이틀이 아니건만, 끝내 너를 찾지 못한 이 못난 사부를 용서하거라.

그때는 검이란 것이 무엇이 그리도 중하여 밤낮으로 그것에만 매달렸던지…….

지금 와 생각하면 너를 잃은 고통을 검으로 달래려 했던 것이 아닌가 싶구나.

바보 같은 짓이었지……. 바보 같은 짓이야…….

이따위 검법이 무슨 소용이 있겠느냐.

내 화산제일의 검법을 복원해 내었으나, 그것은 네가 어려서 펼치던 매화검무에 비하면 단 일 푼의 가치도 없는 것이었다.

매화이십사수를 창안한 자무영 선사께서도 나와 같은 마음이 아니셨을까, 죽음이 임박한 지금에야 막연히 생각해 본다.

추야.

너는 매화이십사수에 얽힌 이야기를 알고 있느냐?

본래에는 매화이십사수가 단 두 개의 초식으로 이루어진 검법이었다는 이야기를 말이다.

자무영 선사께서 그 초식을 온전히 전한 제자는 단 한 사람뿐이었으나, 그 아이도 너와 같이 일찍이 화산을 떠나 선사께서는 단 하나뿐인 제자를 영영 잃게 되셨다 하는구나.

그 슬픔을 이기지 못해 화산의 수련동에 평생 쌓아 온 모든 무학을 새긴 후 절명하셨고, 선사의 나머지 제자들이 그 무학을 보고 공부하여 각자 창안해 낸 것, 그것이 지금의 매화검의 시초라 전해져

온단다.

한데 애초에 두 개였던 초식이 스물네 개로 불어났으니, 이는 도는 하나이나 그것을 보는 이들에 따라 무수한 갈래로 나뉜다는 도가의 가르침에 꼭 맞는 일이 아니겠느냐?

나 역시 매화이십사검에 매달려 결국 모든 초식을 둘로 줄여 내는 데에 성공하였으나, 이것을 이어받을 네가 내 곁에 없으니 마음이 천 갈래 만 갈래 찢어지는 듯하구나.

오랜 고심 끝에 이 두 개의 초식을 절혜이화(絶憓二花)라 이름 지었으니, 네가 내 뒤를 이어 너만의 검으로 다시 한 번 매화 향 나는 검무를 추어 주길 바라 마지않는다.

끝내 무공 하나만을 남기는 못난 사부를 용서해 다오······.

'사부님······.'

사부의 유언이 눈앞에 선하여 문추는 질끈 눈을 감았다.

사부가 남긴 단 하나의 검.

절혜이화.

사랑을 끊어 낸 두 송이의 꽃.

검법의 이름을 지으며 마음속으로 피눈물 흘렸을 사부를 생각하니 당장이라도 눈물이 왈칵 쏟아질 것만 같았다.

하지만 아직은 아니다.

아직은 눈물을 흘릴 때가 아니다.

"크······으······."

옆에서 들려오는 신음 소리에 문추는 느릿느릿 고개를 돌렸다.

입술에 핏물을 머금은 대형, 독고유.

그와 함께 나란히 몸을 뉘인 채 빙긋 웃고 있었다.

"화산의…… 검이로구나."

독고유는 내상을 입은 듯 가래 끓는 목소리를 내면서도 대견한 듯 말을 마쳤다.

문추도 빙긋 웃었다.

그제야 입 안에 머금고 있던 핏물이 볼을 타고 주르륵 흘러내렸다.

"대형……"

문추는 독고유의 눈을 바라보며, 마침내 그토록 그에게 하고 싶었던 이야기를 꺼내 놓았다.

"나는 맹으로 가오……. 사부의 원수를 갚기 위해서……."

"……"

그 순간, 독고유의 입가에 번져 있던 웃음이 삽시에 자취를 감추었다.

〈『명부마도』 제6권에서 계속〉

BBULMEDIAFANTASY

야왕쟁천록

오채지 신무협 장편 소설
-4권 발행 예정-

흑도의 밤하늘을 지배했던 위대한 사내의 일대기!
야왕쟁천록(夜王爭天錄).

"사선을 넘나들면서 배운 무공이 아니라면
춤사위에 불과하다."

장강을 경계로 십오문정도(十五門正道)와
마도십종(魔道十宗)이 첨예하게 대립한 강호!
천하의 흑도들도 어느 쪽이든 선택을 강요받는데…….
그 어지러운 세상에 우뚝 선 영웅이 있었으니.

십만흑도여, 그를 따르라!

뿔미디어

BBULMEDIA FANTASY

현월비화

류청민 신무협 장편 소설
-4권 발행 예정-

세상의 기준이 아닌 스스로의 기준으로 판단하며
자신만의 길을 가는 한 남자가 있다.

"당문이 살문을 멸한 것이 잘못이라고 보느냐?"
"잘못이라 생각하지는 않습니다."
"그럼 복수를 할 이유도 없지 않느냐?"
"저는 군자도 협사도 아닙니다.
제가 가족처럼 여기던 분들이 목숨을 잃었습니다.
그것만으로도 복수할 이유는 충분합니다."
"하하하! 네 녀석은 또 한 번 죽었다 살아나도
군자인 척하는 정파의 무리에는 낄 수가 없겠구나."

찬란한 빛이지만
해가 아닌 달이 될 수밖에 없는 운명.
화려한 꽃이지만 기쁨이 아닌
슬픔이 될 수밖에 없는 운명.
그들의 이야기…….

- 현월비화

뿔미디어

BBULMEDIAFANTASY

광풍가도

서현 신무협 장편 소설
-4권 발행 예정-

강호가 뒤집어졌다.

소림사 대환단 스물세 알이 모두 사라진 전대미문의 사건.
강호는 신투라 불리던
신도무영(申盜無影)과 천서도군(天鼠盜君)을 범인으로 지목했다.
만일!
사라진 대환단 스물세 알을 한 사람이 복용한다면!
또한 그가 강호를 피로 물들일 마인이라면!
아연실색(啞然失色)!
강호는 긴장할 수밖에 없었다.

* * *

"왜 대환단을 훔치게 된 것입니까?"
"뭐, 별다른 뜻은 없었지. 친구 놈의 제자와 내 제자가 비무를 하기로 약조했네.
그런데 그놈이 제 놈 제자에게 자환신단을 두 알씩이나 먹였다고 하지 않는가?
내가 어찌 그것을 두고 볼 수 있겠어.
이왕 먹이는 것 소림사 대환단 정도는 먹여야지."
"스물세 알 모두를 먹였단 말씀입니까?"
"어쩌다 보니 그리되었어. 내 제자 놈이 약발 하나는 기가 막히게 받더라고.
클클클."

뿔미디어